时光,静好

依然月牙 著

你不会看到一朵花哭泣,
也不会看到一片叶放弃。
世间所有的盛开,都是一场朝圣。
每一朵花都在自己的盛开中欢颜……

图书在版编目（CIP）数据

时光，静好/依然月牙著.—成都：电子科技大学出版社，2018.4（2021.1重印）
ISBN 978-7-5647-4607-0

Ⅰ.①时… Ⅱ.①依… Ⅲ.①散文集—中国—当代 Ⅳ.①I267

中国版本图书馆CIP数据核字（2017）第127512号

时光，静好
SHIGUANG，JINGHAO
依然月牙 著

策划编辑　杨仪玮　卢　莉
责任编辑　卢　莉

出版发行	电子科技大学出版社
	成都市一环路东一段159号电子信息产业大厦　邮编　610051
主　　页	www.uestcp.com.cn
服务电话	028-83203399
邮购电话	028-83201495
印　　刷	三河市天润建兴印务有限公司
成品尺寸	155mm×230mm
印　　张	14.75
字　　数	184千字
版　　次	2018年4月第一版
印　　次	2021年1月第二次印刷
书　　号	ISBN 978-7-5647-4607-0
定　　价	46.80元

版权所有　侵权必究

你若爱，生活哪里都可爱

(代序)

校园里的花开了，我高兴。

春天的茶花，粉色，重瓣。我照例拿出手机不停地拍。我以为每一朵花开，都值得人高兴。所以，校园的角角落落，西湖的角角落落，哪个地点，哪个时节，有哪朵花儿开，我都知道。

旗杆下，一株白玉兰，前几天开得好。一树的花，一树的白月亮，摇摇晃晃，风来，稀里哗啦地落，下雨似的，我瞅着开心，伸手一片片地接。我和丫头把一兜的花瓣整整齐齐地摆在长凳上，一长溜，狭长的小船儿，我觉得美。

围墙那，有蒲公英，4月左右会开花。我年年等，看它们从缝隙里扭着小蛮腰，亭亭玉立地笑；看它们吐出脆嫩的叶片，顶着金灿灿的花朵，摇曳生姿，女王一般雍容。我挪不动脚，莫名地感动。

南边的教室，全校最好的地儿。挨着墙边一排的花。5月，粉红的樱花站立枝头，长溜溜的枝条，恨不得长到教室里来。简直就是过节了，一窗窗的熙熙攘攘，一帘帘的花花朵朵。怎么看，怎么好。

9月，桂花又来了。隐隐的香味撩人得很，在校园里撒了腿欢跑。

校园躺在香水上，轻轻滉漾，一滉一漾，香味一波一波涌来。饮了酒般，恍恍惚惚地走，朦朦胧胧地笑。课间，学生伢子满操场跑，跑着、跑着，就蹭到桂，满枝的花朵儿，满树的香味儿，惊飞的蝶儿一样，"轰"的一下，漫天飞。

一年三百六十五天，有多少花儿赶趟似的地开。蜡梅、海棠、樱花、玉兰、雏菊、茶花……排着队儿，抿着嘴儿，一朵接一朵，流光溢彩，披红挂绿，粉嘟嘟，鲜嫩嫩。你放慢脚步，舒了心，向着它，微微笑。这些都是好，日子里的好，在光阴的低处，在你身旁。

出太阳了，我高兴。

杭州是座泡在烟雨中的城市，连着下雨半个月或一个月，是常有的事。某一天，忽然出太阳了，明晃晃的阳光河流一般，怎么流也不完。道路涂满，房子涂满，树木涂满，整个世界都涂满。看草，戴着金冠子；看树，披着金缕衣；看车，贴着金薄膜。仿佛仙女儿拿着棒，轻轻一点，整个世界金光闪闪。人在阳光下走，一团的光笼罩着他，金色的脸庞，金色的微笑，每踩一步，金色的轻盈。走着，走着，遇见另一个笼罩在阳光中的人，一个说，今儿的太阳真好，另一个回答，真的很好呢。

主妇们乐坏了，翻箱倒柜，晒衣服、晒棉被、晒毛巾、晒木箱、晒板凳，晒无可晒，恨不得把整个屋子从底部翻出来，放在阳光下晒一晒。晒着晒着，她们的腕戴上了金手表，她们的眼刷着金睫毛，她们的脸擦上了金胭脂。

阳台上，红的被、绿的毯、花的衣，猎猎飘扬，各种颜色飘啊飘，一窗的阳光，搅动了，潋滟缤纷。女人们拿着衣架子拍拍被，扯扯衣，拉拉毯。阳光的香味，洗衣粉的香味，喷涌而来，醉了一般，情不自禁地眯着眼，抬手，遮额，天上一个太阳，银盘一般亮晃晃。

高楼大厦有阳光，破旧的民房有阳光，大路有阳光，小道也铺满阳光。花圃的牡丹沐浴阳光，墙角的芦兰也披着阳光。银泰门前的时髦女郎在阳光中婀娜多姿，那个穿破衣裳蹲在路旁拉二胡的老爷爷也在阳光中音符纷飞。

金色的阳光，大把，大把，公正无私，不偏不倚。不论贫富，不论贵贱，天地万物，它都爱，谁也不偏颇，谁都能拥有它，谁都能沐浴它。

阳光灿烂的日子，花柔软，草柔软，心底里流淌的快乐也是柔软的。

走着，走着，遇到微笑了，我高兴。

清晨，进校门，一朵又一朵的微笑迎向你，甜甜的，脆脆的，密密的。走到大厅，几位年轻的同事们，递来微笑，1990后的她们，年轻如新鲜的果实，他们说，胡老师早。白雪一般的肌肤，一朵润润的笑轻轻上扬。一声又一声的问好，人与人之间，老师与孩子之间，暖意弥漫。

一朵微笑，一份可爱。这里，那里，到处都是爱。

三八前夕，参加制作软陶的活动。

有专业的老师，五十多岁，肤白，眼亮，脸上的微笑浅浅如月牙。她俯身，对我轻轻说，别着急，慢慢来，肯定能行。一句句话语落英缤纷，含着香。笨手笨脚的我，忽然安静，安心且耐心一点点地学，一瓣瓣粘，终于把一朵玫瑰做成。

小小玫瑰，活色生香，微卷的花瓣，仿佛待放的喜悦。评委老师看了看，说，真美，一等奖。

怎么可能？居然是一等奖？我在大家艳羡的目光中走向领奖台。转身，撞到一朵笑容里，是教我软陶的女老师。她对我轻轻点点头，轻轻地笑。我捧着奖品高兴回来，小小鼓励，暖意弥漫。

丰子恺说，你若爱，生活哪里都可爱。

是呀，蓝天、白云、绿树、小花、小草、问候、微笑，世间万物哪一样不值得爱？你若爱，生活哪里都可爱。

目　录

第一辑　时光，静好

来不及了……………………………………………… 3

温暖如春……………………………………………… 8

等你回家……………………………………………… 13

那么亲，那么亲……………………………………… 17

那些正在消失的事物………………………………… 21

时光，静好…………………………………………… 24

微小的情意…………………………………………… 28

小美好………………………………………………… 33

养花种草……………………………………………… 39

雨中剪影……………………………………………… 44

在一起………………………………………………… 52

烟火人家……………………………………………… 56

紫薇长放半年花……………………………………… 66

第二辑　转角遇见爱

沉默是辜负……………………………………………… 73

难得糊涂……………………………………………… 76

从容赴老……………………………………………… 80

当下的好……………………………………………… 84

得失只在转角处……………………………………… 88

面朝大海，春暖花开………………………………… 92

恰恰好………………………………………………… 95

且行且珍惜…………………………………………… 99

幸福，就是傻瓜遇上笨蛋…………………………… 102

一根鱼刺的臆想……………………………………… 106

远远地看，淡淡地笑………………………………… 110

脚底心的秘密………………………………………… 113

第三辑　天使在人间

"小船儿"在航行 ……………………………… 121

童言稚语 ……………………………………… 127

初秋里的憧憬 ………………………………… 131

第七朵微笑 …………………………………… 134

分是舍，离是疼 ……………………………… 140

跟着蜗牛去散步 ……………………………… 143

漫步春天 ……………………………………… 147

没有翅膀的飞翔 ……………………………… 150

男孩的眼泪 …………………………………… 154

天使在人间 …………………………………… 159

只是述说 ……………………………………… 162

每一朵花都有自己开放的季节 ……………… 166

第四辑　那人，那事

深山里的梦……………………………………… 173

丁香一样的姑娘………………………………… 178

他呀，他………………………………………… 181

倔老张…………………………………………… 187

开心厨娘………………………………………… 192

罗罗……………………………………………… 195

那人，那事……………………………………… 200

守望月亮………………………………………… 203

心肝儿，宝贝儿………………………………… 206

蛮好……………………………………………… 215

一棵开着花的草………………………………… 220

第一辑

时光,静好

来不及了

他的车在公路上疾驰。夕阳中的稻黄，是一场意外，迎着汩汩的速度，直直撞进视线。眼角微微疼，记忆像风搅过的湖水，平仄起伏。

炊烟、稻黄、镰刀，暗黑的泥土，以及躬腰弯背的父亲，如一帧帧精美的片段，次第汹涌。乡愁迈着几不可闻的脚步，绕过握着方向盘的手，拨转了方向。等他恍然时，车子已经向着老家，直直飞奔而去。

还有会议等着召开，还有个客户等着洽谈，还有个待看的楼盘……心底的犹豫张着劝说的嘴，一张一合，一张一合。捏方向盘的手，不知不觉变紧了。

来不及了。当远处的村庄吐着一缕一缕的炊烟，温柔蓬松如父亲鼻腔里冒出的烟圈时，所有的挣扎，溃不成军。用力一踩油门，决定是一首昂扬的歌。

碧绿的菜畦奔跑，成垛的稻子静默，紧张的欢欣，在小小的车厢里，翻转个身，哗，满车都是遮不住的快乐。如一场例外的飞翔，着陆时最大的惊喜。

当初离家，为了出人头地。城市是深不见底的海，他在其中沉沉浮浮。现在，他在海中畅游自如，渐渐忘却家乡的味道。很多时候，老家和他，只是一张寄款单的联系。今天，一场稻黄，击中内心的柔软，潜藏的乡愁，排山倒海。加速，再加速，风驰电掣地穿过一片又一片汹涌的稻黄，纷纷扬扬，像一场来不及诠释的思念，盛大、缠绵、生动、澎湃。

"妈，我已经在回家的路上了，晚饭家里吃。"一手捏着方向盘，一手捏着电话，他急切地说。车轮翻滚，不断加快速度。

"啊？晚上回家吃？怎么不早点说，来不及了，来不及了……"电话里的母亲，一连串"来不及"。他的心，一点点沉下去。飞扬的快乐，成了潮湿的雨，在深秋的稻黄里，瑟瑟地滑落。远山，眉峰聚；远水，眼如波。而他，竟被陡然漫出的委屈，一点，一点，泅伏。好比，归家的游子，揣着热切的遇见，却碰到一扇冰冷的门。时光里的母亲，模糊且遥远。难道她只在乎寄回去的钱吗？难道她从不渴望见见我的人吗？

车子的速度，一点一点地慢下来，像一头负重的牛，缓缓地穿过乡村。橘红的黄昏，无害且天真，硕大的天空张开暗黑的口，一点一点地袭击。黄昏的柔光，是母亲脸上的慈祥吧，它正被一口一口地咬掉，以烟灰的姿势进入天空的暗影中。

爬上一条陡坡，村庄从视线中跳出来，宁静、古朴、安然。亘古以来，不曾换个姿势。时光从它身上纷纷溅落，它像是从大地深处长出的一株植物，牢牢的，不更改。童年、庄稼、小河、流水，以及一些其他的事物，如一棵埋在地底的藤，呼啦一下拔起来，他看到记忆成了一部回放的电影，快速倒带。旧的片段，柔韧如绳，深深浅浅，抽过。一声狗吠，划过乡村的寂静。老房的灯火，袭击他发呆的沉陷。橘黄的灯，温柔的光,揉过他的眼。一些温情,止不住地泛滥。

"吱呀"一声,他推开了家的门。

母亲在灶台前忙碌,她正掀开锅盖,浓浓的香味长了脚似的,一股脑儿地奔向推门而进的他,又长了一双手似的捏着他的鼻子不由分说地灌下去。他险些被满屋的浓香绊了个趔趄。而母亲,笼罩在白白的汤雾中,侧身、拿勺、捏锅盖,全神贯注地倾斜,像一弯饱含深意的弧。

父亲呢?晕黄的灯光下,小小的灯泡,无力且迷茫,父亲戴着老花镜,坐在一张小矮凳上,认真地搓着汤圆。小小的汤圆,圆圆的肚子,密密麻麻,一溜儿排过去。父亲的头颅低低下垂,如此专注,如此认真,是在完成世上最伟大的作品了。

"爸,妈,我回来了。"不知为何,他的声音颤抖,语句哽咽。

他们抬起了头,浑浊的眼睛里闪烁着激动的光芒。花白的头发斑驳得闪闪发亮。

"快,快,鸡汤刚刚好,汤圆也可以下锅了。"父亲和母亲忙不迭地招呼。一双筷子,一碗米饭,满桌子的菜肴,变戏法似的端上来。

"自家养的鸡,味道纯正着呢。你在外面吃不着。"母亲坐在灶膛前添着柴火说。火光一闪一闪,扑上她的脸颊,深刻的皱纹,在温暖的灶火前毫不留情地披露。

"自家种的青菜,不打农药,香甜着呢。"父亲站在灶台前,一手托着箅筛说话,一手赶鸭子似的把汤圆拨弄到锅里。汤圆"噗噗"地跃入锅中,像娓娓生动的小鱼。雾气袅袅,模糊了父亲的镜片,他费力地望着水里沉浮不定的汤圆,弯腰凝视的模样,是一把镰刀,隔断岁月曾经赋予他的葱茏。

"爸,妈,我只是回来吃个便饭,你们何苦要做汤圆,烧鸡……这些，很费时间呢。"他咬着鸡翅膀，硬硬的鸡骨戳中心里的柔软，有什么喷涌而出。

"鸡，养了许久，就等着你回家吃。你不回来，我们舍不得杀。"母亲一边添柴一边说。

"汤圆是你小时候的最爱。难得回家一趟，一定得做些给你尝尝。"父亲把汤圆裹上黄黄的豆粉，一边抖动着筛子，一边说。

你们怎么来得及？他在心里悄悄地问。杀鸡、褪毛、开膛破肚、准备糯米、磨好豆粉、揉汤圆……这些，每一件小事都需要时间，一点点做出来，像姑娘绣花，像裁缝制衣，慢工细活，不花费时间，是完成不了的。

他一边咬着香甜的青菜，一边嚼着糯软的米饭，一边回想，母亲一迭声的"来不及"。一些深深浅浅的明了，浮浮沉沉地撞击他的脑海。

"来不及了。如果你早点告诉我们，我还准备多杀几只鸡，让你带回去也尝尝。现在只准备一些临时的，待会装到车里去吧。"母亲的声音像头顶上橘黄的灯光，温暖、柔软、平和。

临时的东西？还准备了什么？他吃了一惊！吃完饭，父亲把带回去的东西一样样地搬出来。小山一样的食物，沉甸甸的。

"这是刚晒的红薯干，可好吃了，软软的，甜甜的，带回去给孩子吃！"

"这是刚从地里拔来的青菜，白萝卜炖排骨很有营养，油冬菜刚刚甜，芥菜可以炒饭。"

"这是自己家的母鸡下的蛋，一共两百个，路上小心点，别磕坏了。"

"汤圆已经放在袋子里装好，自己腌制的酸菜给你也捎上一点，两袋自家种的大米别忘了。"

……

母亲絮絮叨叨，一转身，跑到鸡窝，家里剩下的最后一个鸡蛋，一个还带着温度的鸡蛋，被她塞到袋子里。

小小的屋子，父子和母亲为他准备的东西，小山一样。它们一样一样搬空，一样一样装到车子的后备厢里。

老屋，瞬间松垮下来，空荡荡的，更旧，更沧桑了。

父亲和母亲搓着手，不停地念叨："来不及了，来不及了，否则可以准备更多的。"他们喃喃自语，恨不得把这老屋，把自己也装进袋子里，一起随他的车子去才觉得安心。

此刻，他才算真正懂得了母亲的"来不及了"。泪水长流，车子里的单曲反反复复地播放陈红的《常回家看看》。再不多回家看看，就真的来不及了。

他怅怅地想。

温暖如春

一

很久了，不愿出门，不喜欢热闹。

若不是朋友们一而再地打电话，若不是丫头撅着小嘴巴嚷着要出去玩。我是决然不愿在大冷的天把自己裹成密密实实的"粽子"走出家门。

天上雪花飞，大把，大把，白皑皑，薄单单，美丽诱人。今天的雪，与往日不一样，干干的，粉粉的，竟不化。粘在我的发梢，扑上我的大红羽绒服，小白花似的。

忽然，出太阳了，闪闪发亮的光芒，穿过雪花，齐刷刷闪烁。太阳雪吗？这样的奇异，第一次见，雪花与阳光，在空中拥抱飞舞。

紧了紧衣领，朝着地铁口走去。风发了狂，一路的阳光忽闪闪，漫天的雪花折腰飞。天空是张开缝的大袋子，鹅毛、柳絮、棉花朵儿，抓到什么，抛洒什么，漫天的白，忽左忽右，乱蓬蓬，毫无章法。羽绒服吹得扁扁，贴着身子，瘦瘦的。

忽然，蓝汪汪的天，眼睛一样望着我。

蓝天啊！我大叫！有多久不见这样的蓝天。

对，蓝天，雪花，阳光！妈妈，这趟出门是不是收获很大呢？丫头仰着红彤彤的脸颊，兴奋地问。

是啊，风景就在身边。怎能一味地拒绝？走出去，只有走出去才能看到更多的美。

地铁直达朋友的家门口，她站在冷风中等我。走进她的家，温暖如春。她笑盈盈地说，知道你要来，开了地暖。光脚踩在地板上，也不冷呢。

她开始在厨房忙碌，却叮嘱我好好休息。

晚餐非常别致，家乡风味的拉面。面条通体透明，咬在嘴里，韧劲十足。金灿灿的蛋花，绿油油的蔬菜，还有香喷喷的蘑菇伏在白胖胖的面条之上，让人食指大动。

我嚷嚷着要吃两大碗，朋友笑着给我端出一个小脸盆般大的白瓷碗。我埋头，吃得稀里哗啦，酣畅淋漓。

饭后，她嚷嚷着要合照。

许久不拍照了，在她的叫喊声中，理了理围巾，摆出自以为好看的微笑。照片效果居然不错，每个人的笑容里，春暖花开。

晚，临睡。

朋友高兴地说，刚到的木桶，很古典，给你放热水，泡澡去。

木桶半腰高，热汤在桶内袅袅生烟，轻轻地将身子放进去，水的温度抚摸一天的寒冷，仿佛回到母亲的子宫。丫头与小伙伴在兴高采烈地搭帐篷，她甚至想在帐篷里睡觉。我在热水中放松，依附在脸上的冷与疼，渐渐褪下……

体内有什么在苏醒，以春天的姿势。

二

从朋友家回，遭遇零下九度的寒冷。

世界苍白，冷风徘徊。草冻住了，树冻住了，在阳台爬行的巴西龟，爬着爬着也冻住了。刚开的茶花冻在冰凌里，仿佛琥珀。昨晚还在缸里游泳的鱼，定格在鱼缸。最是西湖好风景，座椅、石桌、游船，仿佛披甲的冰雪战士，一长溜倒挂的冰凌透明如水晶。

严寒四处肆虐，家里的自来水管也冻住了。本该流畅的水，在管中以固体的形态，冬眠。刷牙、洗脸、洗菜、洗碗……忽然发现没有水的世界让人抓狂。

地板不洗了，锅子不刷了，费水的青菜不烧了，一切从简。饶是这样，储存的矿泉水依然底朝天。敲着隔壁邻居的门，问，你家有水吗？

有，有！隔壁阿姨顶着睡意蒙蒙的眼，开了门。

为何你家有？我却没有？我气馁地问。

我给水管包了棉布！阿姨笑呵呵地说。接过我手中的桶，放置在龙头下，拧开，水哗哗地流出来。

水呀水，晶莹剔透，飞珠溅玉，流动的透明在桶底越积越多，甚而，摇晃欢跳，简直要从桶里蹦出来。一些水沫，落在手心，眼里储存一汪汪感动，为这流动的水。

满满一桶,我提着水桶,摇摇晃晃地回家。

烧饭、洗脸、洗碗,我和丫头细细盘算着。饶是这样,一桶水很快就见底了。

怎么办呢?问邻居再要一桶?又觉得不好意思。我这人,脸皮薄,总怕打扰别人。我在屋内踌躇、犹豫,想着明天多买几瓶矿泉水。窗外,陷入黑暗,北风呼啸,天寒地冻。水龙头开了又开,一滴水也渗不出。

笃笃笃,笃笃笃。敲门声传来。不相信,侧耳听。的的确确是敲门声。会是谁呢?搬来这里,不算久,串门之人,少之又少。

开了门,邻居阿姨和煦的笑容露出来。她笑盈盈地说,水用完了吧。快,拎水桶,我帮你拿去接。

啊?愣住!门外北风凛冽,阿姨趿拖鞋,穿睡衣,额前的发,凌乱不堪。

快去拿水桶呀!阿姨笑呵呵地催促。啊!好,好!有点慌乱无措,拎着水桶就要跨出房门,她按住我的手,一把抢过水桶说,外面冷,你别出来,接好水,我会送来。我执意要自己打水,她却一再将我推回,说,快进去,外面冷着呢,小心感冒。

说完,她带上我的房门,走廊上,响起"踢踏""踢踏"的走路声。

与邻居阿姨往日并无来往。遇到时,打个招呼,她总是一脸笑容,朗朗地说,胡老师好!我总是微笑地回,阿姨好!

有时,她赠我几个玉米,一把青菜,甚或是几颗糖。我也想送她点什么,她却坚决不要。最近,好几个月,并无碰见,因为一桶水,第一次敲了她的门。她也第一次敲了我的门。

时光，静好

哎，水来了！阿姨提着满满一大桶水送到我的房间。水波漾漾，水珠儿蹦跳欢呼，这是我见过最好看的水，晶莹、剔透、纯净、清冽……

窗外，北风呼啸，还有雪，在屋顶闪闪烁烁。

屋内，温暖如春，却有甜，在心里隐隐约约。

等你回家

在杭州，待了三四年。虽然买了房，安顿了工作，却自始至终把杭州的家当作在外漂泊的窝。我的家，生我养我的小村庄。除却村庄的青山绿水、田野农舍，再无第二处，可般配得上"家"的称呼。

年岁越长，回家的次数越少。而今，一年才一次。一年的光阴，三百六十五天，在家的日子屈指可数。家乡的树，家乡的水，家乡的山，青的草，红的花，蓝的天，白的云，一齐摇动脑袋，在我眼前晃。

不愿再多待一秒了，从学校出来，我飞也似的拎着行李，加入回家的大军。

高速公路，车子排着队。一辆连一辆，长龙一般，以乌龟的速度蠕动。一开始，心儿急得什么似的，恨不得给自家的车安上一双翅膀。细思量，又莞尔，每一辆车，都是回家的人，因为"回家"两字，生出许多原谅与欢喜。

奶奶的电话，母亲的电话，不间断地打来。

我坐在副驾驶一路报告着：萧山、诸暨、神仙居、文成……每一个地名，经由我的声音传递到电话那一端，在她们的心里铺开渴望的联想。无一例外，挂电话前，都会嘱咐：不着急，慢慢开，安全第一。其实，他们是着急的，却仿佛又是真的不着急。

奶奶说，等你回家，晚饭已经在准备了。

妈妈说，等你回家，床铺已经在打理了。

手心里的电话暖烘烘，又，左右为难，两个都是妈，两边的家都是家。回家的第一餐在哪吃？第一夜，住哪？这是一个难题，比我在教学中遇到的难题，还要难。

我对奶奶说："晚上在家吃，吃完饭，回娘家睡。"奶奶据理力争："你都嫁到这边了，怎么还回娘家睡？"

"一样的，一样的。"我连忙打圆场，"家里吃饭，娘家睡觉，好得很，好得很。"末了，奶奶像个孩子似的说："过几天得回来住。"

捏着手机，乐呵呵地点头，只怪自己和丫头回家少，两边的老人都惦记着呢。所谓的回家，只是把自己送给家里的老人们看看，吃一吃他们烧的美味，听一听他们对你的问候，聊一聊村里的家长里短。似乎没有什么重要的事，细小如尘，琐碎似絮，但，每一件事，好像又都很重要，重要到让我想扛着车子，越过长长的车队，早早地飞回家。

快到县城了，奶奶掐着时间准备炒菜了。并不识字的她，计算着县城到乡村的时间，准确无误地关了熬煮羊肉的火，揭开烧沸的水，放下活蹦蹦的虾，一边儿的砧板上刀子剁得震天响，一盘酱牛肉，薄单单，沿着盘子边缘一圈儿摆开……

车子刚到家门口，里面的人迎出来了，一桌子热腾腾的菜肴，变戏法似的从厨房里端出来。

"一屋子的人等着你回来吃饭呢。"奶奶一边端菜，一边喊出其他人，表弟、表弟媳、舅妈、小叔……大家搓着手，乐呵呵地看，多久不见,上一次见到又是什么时候?

我问:"你们怎么都还没吃呢?晚上九点了啊,这该有多饿!"

所有的人都笑了,说:"等你回家,一起吃才开心!"

"多吃点,老家的菜,在杭州没有呢。"婆婆的脸,笑成一朵花,不断地给我和丫头夹菜。透过袅袅的热气,我看到她的脸,黑了,瘦了,皱纹深了。

丫头说:"奶奶,你烧的菜真好吃!"婆婆乐得不禁搂着丫头一个劲地喊:"多吃,多吃,吃得饱,好长高呢!"

我说:"妈,您辛苦了。"她一摆手,说:"有啥辛苦,这不是高兴吗?"

电话响,七个未接电话,全是娘家的妈妈打来的。

吃饭完,急急忙忙往娘家赶。我的妈妈,站在屋檐下张望,隐在灯光之下,看不清她的笑容,有爽朗的笑声从夜色中送来,她说:"小囡,你终于回来啦!"

下午一点出发,晚上九点才到。可不是"终于"回来了吗?

"妈,你怎么不在屋内等,外面多冷呀!"我拥着妈妈走进家门。

"站在门外,看得远!"妈妈笑眯眯地说。

妈妈帮我拎着大包小包的行李,不断地说:"回来就好,回来就好。"

家里,窗明几净,六层的小洋房,一颗灰尘沾不住,灯光下的屋子,明晃晃,镜子似的。

"一连清洗了四五天,你们回来,住得才舒心。你的房间,是不是和以前一模一样?"妈妈乐呵呵地问。

我的房间,床铺美丽,灯光摇曳,地板光可鉴人。即使是窗户的一

15

丁点儿小缝隙，也被妈妈擦得干干净净。

我抬头细细地向妈妈望望，白发丛生，脸颊消瘦，那只曾经受过伤的眼，此刻，快要眯成了一条缝。

我的眼泪，在眼眶里打滚了。

我说："妈妈，辛苦了。"

妈妈笑了笑，说："傻闺女，有啥辛苦的，你回家，高兴还来不及。"

灯光下，妈妈与我细细说着她准备的食物：猪脚、腊肉、鸡、鸭、兔……她的声音渐渐轻下去，夜色渐渐黑了。

回家的我们躺在暖烘烘的床上。

而，此刻的高速公路，还有多少车在行进。谁还在回家的路上，又有谁在屋檐下张望？

那么亲，那么亲

一

5月的小院，老人们种满了瓜。小小的种子"呼啦"一下攀成大大的棚。缠绕的藤，绵密的绿，手掌似的叶，阔大而青葱。一朵一朵的花，像硕大的蝴蝶歇在5月的时光里。黄，真黄，艳丽中的艳丽，鲜艳中的鲜艳。风的翅膀掠过，一院的黄花翻动，仿佛阳光在跳舞。

几场雨下了，朵朵黄花垂下丝绸的柔软，雨水跑到花朵上画画，一滴一滴地往下淌。风来了，小心地捧起黄花蔫蔫的瓣，擦呀擦，擦呀擦。忽然，花瓣落了，瓜儿，果儿躲躲闪闪，牵着叶的袖口，捏着藤的衣角儿，羞答答。

丝瓜长，葫芦圆。小模小样的瓜果挂在藤上荡秋千。荡啊，荡啊，一夜之间就大了。那边有三条，圆滚滚，长溜溜，挨着二楼的窗，摇摇晃晃，如同惊叹号。这边有一个南瓜挺着圆圆的肚子，顶着几片硕大的叶子，遮遮掩掩。

瓜果安好，5月安好。往来的蜜蜂、蝴蝶，自由滑翔，时光变得迷人而芬芳。

"来，送你一根丝瓜，尝尝吧。"楼下的阿婆，拉着我的手。葱绿的瓜，墨绿的纹，上面还留着阿婆手心的温度。她的笑，如天边的晚霞，而晚来的风吹过我的长裙，铺成一朵硕大的圆。

"多么不好意思。这些瓜是你辛苦种的。"我骇然。

"没事，种着玩玩的，你也来尝尝鲜。"阿婆的笑，慈祥和暖。

多么好的瓜，多么好的话语，多么好的晚霞。风在藤上荡秋千，荡啊，荡，一些暖在人与人之间流淌，如满院的丝瓜花。那么亲，那么亲。

二

6月，蝉鸣密密，一棵树推着另一棵树，一树一树的鸣叫，不断起伏。恍若火花，缠绵、热烈、燃烧。

"笃笃笃""笃笃笃"，谁的敲门滑落一室的蝉鸣。开门，一张红红的笑脸微微喘着气，手上更为红艳的是一篮子新鲜的杨梅。

"胡老师，尝尝吧，这是我从老家特意为你摘来的。"笑脸的主人，一个可爱羞赧的男孩。

"这么多，吃不了。老师拿一些，剩下的，你提回去慢慢吃。"我不忍辜负男孩爬着五楼提上来的心意，只愿留下一点点，让他开心回去。

刚接过篮子，男孩一阵风似的跑下楼梯。"踢踢踏踏"的下楼声里有稚嫩的童音远远传来——"老师，一定要都吃掉哦，是我一颗一颗挑来的！"

那声音跑得真快，仿佛背后有人追赶似的。是的，男孩定是怕我追上去还他杨梅，如一匹下坡的小马，"踢踢踏踏"地跑远了。风从楼道吹来，吹来男孩的快乐，新鲜、蓬勃、天真、纯洁。

篮子里的杨梅红艳艳的，红到发紫，甜蜜的汁液撑不住薄薄的皮，仿佛随时就要撑破了，随时就会甜汁四溅了。

尝一颗，果然是的，甜甜的味道，一如男孩的心意。

"笃笃笃"，轻轻的敲门声。

门外站着邻居的阿姨，笑吟吟，左手一袋糖，右手一个小礼盒。

"我去了海南，这椰子糖很正宗，还有这椰子饭也很有特色。来，给丫头尝尝。"阿姨的话语如一颗颗圆润的珠子，闪闪发光。

心里的感激是山泉里涌出的水，蓬蓬簌簌，如明快的小令。

"阿婆，这有杨梅，很甜，很甜，也送一篮给你。"丫头接过椰子糖，开心地举起手中的杨梅。我欣喜地望着丫头，她的忽然长大，让我和邻家阿姨相视一笑。

一篮杨梅，一袋糖，或许，并不贵重。可，那些心意，人与人之间的温情，多么亲，多么亲。

三

7月，绿，嚷嚷得满世界都知道。深绿、浓绿、翠绿，霸道地宣布对季节的占有。

校园里的爬山虎，伸出密密麻麻的枝，画着绿色的图。一波又一波的风，歇在绿上，掀起了浪，"哗哗哗""沙沙沙"。戴着红领巾的娃娃从那绿下走过，他们的微笑明亮蓬勃，头上的绿，胸前的红，撞出鲜艳的明媚，犹如饱满的7月，朗朗生气。

"老师，我们去哪儿？"那孩子，仰着生动的脸，向阳的花一般。

"我们去学校旁边的养老院，那里生活着一群孤独的老人，去看看他们。"我的话语轻轻落下，落在孩子们的笑容里。他们的笑，更浓了，更亮了。

养老院，真的很近啊，离校园只有几步之路。

孩子们给老人们送去简单的礼物，给老人们表演未经雕琢的节目。

一些快乐在风中荡漾，又醉倒在老人细细舒展开的皱纹里，仿佛一条条生动的小鱼。

阳光铺排得更深了，跳跃着落在孩子们的脸上，落在老人们烁烁晶莹的白发上。我在一旁看着，笑着，不敢出声，怕随意的一声，都会惊扰其乐融融的和谐。

其实，礼物并不贵重，歌声也不够嘹亮，可是，有什么关系呢。重要的是心意，是相处的时光，是老人与孩子的笑。

"老师，我们下次还来吗？"是哪一个孩子的发问。

"当然来啊！"是谁的回答？如此响亮，如此亲，如此亲……

那些正在消失的事物

春节，回了老家。

久别乡村，寸寸想念。想念屋顶的炊烟袅袅，想念田野的麦苗葱茏，想念门前的紫云英花儿细密……记忆如雨，丝丝美好。记忆中的乡村眉眼温柔，有鸡鸣狗吠，有鸭鹅成群，有阳光如雨，星光几许。这样的好，那样的好，如春天的花，枝头俊俏，风中送香。

以为一切都在的，以为一切都如老家的柚子树，年年葱茏。

也终于回了家。村庄似乎依然如故，小河仿佛如昔，天空好像多年前。细细辨认，慢慢寻找，却发现许多许多的事物，正悄悄变了模样。

这是梦中的田野？庄稼稀稀落落，裸露的泥土，时不时地戳着你的眼。在田埂一处处地寻，寻着曾经的麦苗青青，菜花朵朵，还有那一地又一地的紫云英。却是遍寻不见，不死心，又沿着山坡一处一处地找，依然不见麦苗一棵，紫云英花一茬，倒是看到了几朵稀稀拉拉的菜花，角落里，瘦瘦的模样。

叹息，从心中滑落，为了那记忆中的美好。

小时，田野葱茏繁盛，春天的土地绿色蓬勃，琳琅翻滚的菜花、豌豆花、紫云英数也数不过来。真正算得上繁花似锦。

曾躲在菜花里捉迷藏，眉毛黄了，衣裳黄了，连笑声也被染得金灿灿。

曾在紫云英的地里打滚，香气逼人，袖子是香的，衣领是香的，连那鞋子也沾着香气。

曾在麦苗地里追飞虫，那么多的小飞虫，驮着夕阳艳艳的红，边追边跑。麦苗青青，吻过脸上的汗珠涔涔。

……

"为什么村庄不是旧模样？"我到处找人问。

人说，以前的乡民以种植为生，庄稼是天，土地是衣食父母。现在没人种地了，年轻的出门打工，一些年纪大的，也拿不动锄头了。

"为什么紫云英也没人种呢？它不是很好养的？种子一丢，自生自长的。"我又问。

人笑，说："紫云英种着是给猪吃的，你看，现在家家住洋房，谁还养猪，谁还种那玩意呀。"

愣住，却原来，世上没有一成不变的事，你以为一直都会在的事物，却以每天看不见的速度慢慢消逝。

抬头仰望，蓝天不够蓝，云朵不够白，曾经的炊烟袅袅，夕阳无限好，哪里寻？

外祖母走出家门，问："霞儿，你在田头找什么？"

我朝她笑笑，变的何止是村庄，还有亲爱的家人。

遂想起，那时我还小，外祖母还不老。她能拎得动一大筐的猪草，三下两下地剁得震天响，她能洗得了一大盆的衣裳，红红黄黄晾一绳，她能拿得了长竹竿，赶得鸡鸭扑翅飞。

现在呢？外祖母老了，如一枚风干的核桃。越来越轻，越来越小，步子都迈不动了，连薄薄的风都扛不动了。

又想起妈妈，拿着针却早已穿不了线。稀稀落落的发丝，几个星期没染，就白得慌。她还总是忘东西，明明手上拿着，却会满屋子找。

连大我七岁的姐姐，厨房里煮东西，要交代提醒。又说，睡不好，眼睛开始昏花……

一些怅惘找不到出口，如同耳机里，水木年华的歌：这是一片寂寞的天，下着有些伤心的雨。在那些黑色和白色的梦里，不再有蓝色和紫色的记忆……

那日冒雨驱车数十里，在邻县的公路，找到梦中的油菜花。

花黄，花密，片片绵延，仿佛多年前。

走进雨中，捧起菜花，想把所有的灿烂捧在怀里痛哭，为那正在消失的事物……

回家，已晚。妈妈却在灯下等我，满桌的家常菜肴，从保温的箱里，一碗一碗地端出来，<u>丝丝袅袅的热气抚慰过湿漉漉的心</u>。

水雾在眼前弥漫。当你为消失的事物而哀伤的时候，身边实实在在的暖，却一点一滴地将你包围。

谁曾说过，珍惜拥有，活好当下。

是呀，当下也有许多好。

你看，母亲安康，外祖母健在，小侄女儿奶声奶气地叫姑姑。

你看，新房，窗明几净。窗外，春天蓬勃。五六只燕雀撞入阳台，环绕滑翔。

你还看见，妈妈烧的饭菜，在桌上，袅袅冒着热气……

时光，静好

一

我的前世是一株植物，所以今生看到所有的红花绿叶都会发痴。甚至是小草、小树，或者黑黑的泥土，都能让我驻足。那里有熟悉的气息，亲人一般，引领着我窥视前世遗落的痕迹。

今生，我还是植物，一株会行走的植物。当我的双足抵达绿的边缘，来自泥土深部的呼唤从脚心上传。我愿意静静地站着，聆听自然深处的呼吸，一波又一波，将自己席卷。

晴好的日子，出去走走。

南山路，法国梧桐的叶是硕大的蝶。

风冷冷的，透过粉色的毛线衫，寒意遍身。沉迷于这样的寒意里，疾驰的车，一截一截地穿过风，风又从我的胸膛，一寸一寸撞飞。凉意如水。而我，更喜欢。义无反顾地融入，风的滑翔里，一股股的凉意淙淙而来。

时光，静好

断桥一闪而过，苏堤一闪而过。

阳光出来了。孤山的脚下，一处一处地停歇。空中，落满白色的花朵，暖暖的，融融的，轻盈的羽毛里，有细微的尘。

草地，到处横卧，躺着，或眯着，看阳光跳舞。

青草的气息，清新如花上的露珠，混着阳光的味道，夹着泥土的味道，还有绿的味道。细听，生命的葱茏在拔节。

柔软，在脚底一波又一波陷去。那是草儿们的胸怀，怜悯、宽厚。脱了鞋子，踮起脚尖，旋转。裙子绽开一朵花，圆圆的、缤纷的。仰头，凝望。一天的蓝在旋转，转成一个大大的蓝盘子。

天倾斜，地倾斜，草倾斜。趴倒在草地上，看天与地的界限渐渐模糊。

闭眼。青草的味，松松软软。阳光的味，暖暖融融。

心，停歇。阳光安静，草木安静，空气中有花香在奔跑。

远处，一点点红，火花似的闪烁，竟是红豆。圆润，艳丽，一枚枚小纽扣似的。

豆是容颜，叶是裳。谁为谁的相思，瘦了衣带，清减了时光？

臆想，在叶片上滑翔。一片一片都是秋的凉。

二

只是偶然。

误入爬满青藤的墙。

再也移不开。为那秋天的格调。绿意青青，藤条攀爬。窗格子上，一串串诗意的葱茏，叮叮当当。

喜欢木质的窗，喜欢格子的镂空，更喜欢，有藤缠绕。小小的，细细的，圆圆的，绿绿的，一根，一根，又一根，泼出去的墨般，流动随意，窜出纤细。

墙。复活。

因为藤。

它的风情，是沉淀的古朴。荆钗布裙，不掩姿色。

与墙对话。内心，安宁。

秋天在墙上写着：时光，静好。

三

银杏树，仅一棵。桥边，烁烁金黄。

风起，叶飞。漫天的黄蝶舞。告别，如此从容。飞花的旋律里，离歌，从枝头滴落。

一片，一片，又一片。纷纷、漫漫，又潇潇。

丫头去追风，去追叶。

"好多黄色的信笺！"她捏着一把银杏叶，笑声明亮。

彼时，叶非叶，花非花。只她的笑，落入阳光的纯净里，精灵一般。

空中，络绎不绝，下了一场雨般。是长了翅的鱼？还是跳着舞的花？

一句诗，闪入脑海：生如夏花之绚烂，死如秋叶之静美……

四

茅家埠。芦苇疯狂。

一片片叶，长长的软剑，交叉纵横。窜起，垂下。

苇花骄傲地擎着。蓬松的雪白，晶莹剔透。

风起。花飞。一束束，摇曳生姿。

瘦瘦的秆，成串的花。冒出，窜起。近处的湖，远处的水，铺就背景。凝望，框住风景，用视线迈入，进入秋的一角。

苇花雪白。

蓝天贞静。

一个新娘，白色的婚纱，从木廊那一端走来，娓娓动人。风吹裙摆摇，最是那低头一笑，惊艳了时光。

而时光，在彼时，静好！

微小的情意

一

吴山广场办美食节。遮盖电线的塑料横杠在地面凸起、纵横。不偏不倚,我的电瓶车卡在那横杠上了。前轮在前,后轮在后,横杠在中间,前进不得,后退不能。右手拧大了马力,开不过去,再加大马力,依然开不过去。电瓶车魏然不动,似一头倔强的小毛驴。

却有声音从后面响起,随着风的方向,爽朗送过来。他问:"卡住啦!"这声音真好听,浑厚明亮,善意的真诚款款而来。话语刚刚落下,一双有力的手便帮我把后轮轻轻抬起,只一瞬,后轮越过横杠欢快地旋转了起来。我来不及看他的脸,却听到他的声音穿过朝阳再一次传来,他说:"你看,是不是又可以跑啦!"我还是来不及看他的脸,匆匆朝着学校的方向跑去,匆匆把"谢谢"放在风中。

我想,这个人,他一定有一双诚恳的眼睛,有一张干净的面容。

二

跟着徐老师做酵素是一件极其偶然的事情。

"大家一起做啊。"徐老师笑眯眯地邀请。"大家一起",我喜欢这几个字眼在她镜片后弯弯微笑的样子。

我忍不住地加入这个"大家"。微信群,天天有新的信息弹出来,"大家"中的谁和谁去购买矿泉水,又是谁和谁去挑选水果,还有谁和谁找到做酵素的塑料桶了。

"大家"忙得不亦乐乎了,"大家"各个自告奋勇。

终于,一切准备就绪。只等"酵主"一声令下,准备开工。

周四,图书室。笑声飞,水果香,案板响,热闹得不像话了,亮腾腾的笑声远远地传来。有人切水果,有人称重量,有人分盆子。优质矿泉水、蜂蜜红糖,还有四十四种新鲜水果。香味弥漫,水果聚会。西瓜、菠萝、葡萄、枇杷、甜瓜、橙子……一刀下去,再一刀下去,甜甜的汁液四处飞溅。

香,实在是香。衣服香,眉毛香,眼睛香,浮在空气中的欢声笑语也是香。

喜欢这样的香,更喜欢大家在一起的劳作。每一个人都是轻言细语,每一个人都是面带微笑,每一个人都是其乐融融。置身于这样的"大家"中,人的心中生出水草一样的柔软,温柔荡漾,暖意弥漫。

李老师说:"这像不像过年的时候聚在一起包饺子?"

徐老师说:"一刀下去,这西瓜刚好8两,不偏不倚,数学老师就是棒!"

那边的舒老师说:"看着真眼馋,要流口水啦!"

……

喜欢这样的对话。更喜欢这样的氛围。每一个人是"大家"中的一分子,每一个人因为"大家"而努力。我为人人,人人为我。这样的感悟才是真正的心灵酵素吧。

三

丫头在走廊里"呼哧呼哧"地跳绳。同事俞老师从走廊的那一头走过来。"哇,这么厉害,跳得这么认真呀。"俞老师的声音掷地有声,不容置疑。

丫头跳得更起劲了,"呼哧呼哧",小小的脸蛋兴奋得发红发亮了。

"来,来。送你一盒小饼干,作为奖励。"说完,俞老师从包里搜出一盒小饼干。

紫色的小铁盒,描着一朵紫色的小花。打开盒盖,透着奶香的饼干整整齐齐,仿佛隆重的心意,满溢芬芳。

丫头两眼发光,她乐得大喊:"妈妈,饼干好好吃哦,再跳一千五百个我也乐意!"她跳得真开心,绳子从头顶甩过从身后甩出。一圈一圈,密密麻麻,仿佛一个光影,让人忍不住地微笑。

四

几场大雨之后,我看见了天蓝。没有划痕,没有云朵,没有褶皱。蓝色的蓝,绵延再绵延,欢笑再欢笑,无边无际地摊开,浩浩荡荡地奔跑,气势磅礴地舒展。那么蓝,那么的蓝呀!眼睛忽然就承受不住了,几乎就要仰面流泪了,天空怎么可以蓝成那样?

记忆如瀑,往事纷扬。那时,在乡下,天天蓝天白云,却不以为然的,以为蓝天就是蓝天,白云就是白云,以为它们一直,一直都会在。

来到城里,才发现,天空灰蒙蒙,阳光白淡淡。蓝天不再蓝,白云不怎么白。星星和月亮也是少见的。

今天,再次遇到了。汪汪的蓝,让人傻傻地笑。这一刻,多么好。蓝天是蓝天,阳光是阳光,清风是清风。万事万物都是原本的样子。

"妈妈,为什么今天的天空这么美?"丫头仰头问。

"因为雨丝呀,它在天空不停地擦,不停地擦,天空的脸蛋就变得干干净净。"我给了她一个童话一般的答案。

丫头笑了,蓝天下,自由奔跑。阳光的金粉洒了她一身,伸出的双手,如同风筝的翅膀。

我是知道的,她是想把这样的天蓝拥抱到飞翔的姿势里。

五

你若盛开，蝴蝶自来。

生活在不紧不慢地开着花，只要用心捕捉，就会发现当下的好。比如此刻我的桌上放着吕老师赠我的鸟蛋，她殷殷叮嘱我烧给丫头吃，我的笔筒旁躺着可爱的陶校长送我的红豆团子，糯、香且甜。

我把这些微小的情意沉进万千的朝阳里，隆重回响。生活在不远处，朝我露出微笑的面庞。

小 美 好

小。细微，轻巧。如星星，似萤火，躲在衣领的盘扣下，藏在裙裾的绣花旁，在光阴的脉络里一笔笔延伸，有枝节，有细碎的小花，一朵，一朵，又一朵。

一

捏着茶杯的手，有着淡淡的草药香。淡淡的香绕着电脑，绕着音乐，绕着窗台的绿萝，一点点飘着。是草的香，还有阳光的味道。电视剧《风中奇缘》，莘月对九爷莫循身上的草药香念念不忘，她像只调皮的小松鼠，撅着鼻子不停地嗅，挨着九爷的袖子、领子不停地嗅。喜欢那样的场景，有着亲密无间的好。而，现在，我的茶杯，我的手心，也有这样的草药香，小心地咽一口，再咽一口，每一次都慢慢，让药汁充满口腔，在柔软的口腔里轻轻打个旋，而后等着甘草的甜，一丝一丝爬上舌尖。一杯在手，秋阳满窗棂，些微苦，些微涩，些微甜。

草药是办公室的老师帮忙配的。她听闻我睡眠不好,又见我脸色苍白,央求在中药房工作的妈妈,帮我买了这些药。药很快就送来,一包一包,齐整、细致,且附有小纸条,写着熬煮的时间,先后顺序。末了,老太太还在纸条上留下嘱咐:"铁皮石斛尤其贵,需得整根咬掉,才算不浪费。"

见到纸条的那一刻,见到老太太的字,瘦瘦长长,苍劲有力,带着草药香。

各式各样的药,或红,或白,或黄褐相间……切口齐整,清香袅袅,说不尽的心意似的。一味,一味,都有好听的名:黄芪、甘草、枸杞、红参、党参、石斛、红枣……它们挨在一起,清香扑鼻,仿佛老太太眉眼温和的笑。

"我妈最爱做这种事了!"同事笑着说。

"是啊,您母亲是个美好的人!"我也笑着说。

每天,把草药放在锅里煎,锅里漫出草药香。红枣沉沉浮浮,党参上上下下,一些草末在沸腾的温度里开着花。

浓浓的汤汁,有同事的心意,有同事妈妈的心意,还有花花草草的心意。这些心意,沁入光阴,沁入体内,时间的脉络里开满花,遍地都是。

二

学校要对学生进行体育突击训练,老师和学生七点半准时到校。

其时已经是深秋了,骑着车子来校,清晨的风,刀子一样。因为担心学生与家长是否能配合,所以打算提早半个小时到校。贪睡的孩子,上班的家长,都不是件容易的事。

短信息一发,QQ里有头像闪烁,是一个孩子的爸爸。

心,"咯噔"一下,以为有娇气的娃,护短的爸爸,想请假。

却看到了这样的留言:"胡老师,早操的事还是我们家委会来组织吧。您还有个女儿,白天又要上课,太辛苦了。您把要求告诉我们,我们几个爸爸愿意承担!"

窗外的夜,陷入深秋的寒,暗、黑,且冷。而,我的手心,捧着短信,暖暖的,每一个字都驮着发光的萤火虫,那么多的萤火虫在我的手掌之上舞蹈飞翔,赶走夜的黑。

他说,您还有个女儿。是啊,很多时候做着学校的工作,天经地义地工作。谁会记得你是一个妈妈,你也有自己的孩子。

想着女儿半睡半醒被我拉扯而来,这样的晨练,于我而言的确是一种心疼。只是这些潜藏的心思,家长们却为我考虑了。收到短信的那一刻,心里的一点点委屈,荡然无存。

丁立梅说:"一个电话,十个春天。"

而我想说:"一条短信,一份美好。"

三

同事沈老师是个干脆利落之人。以前因为不同段,并不熟悉。偶尔,沉闷的会议上会听见沈老师的快人快语。心里暗暗赞赏,只觉得她活得特别真实,自在极了,也潇洒极了。和她的爽直一比,我就是中规中矩的套中人，憋屈极了。

有幸和沈老师搭上话。经常的，耳畔就出现她高高脆脆的话语。

"哎——胡曙霞！"她总爱连名带姓地叫着，"我帮你把花草也浇水了。"

走出教室一看，栏杆上的花花草草，井井有条，每一盆，沐浴着水珠，棵棵翠绿，滴滴晶莹。

"哎——胡曙霞！"她冷不丁地又喊，"你怎么连个鼠标垫也没有，回头我给你一个。"

下课的时候，一个圆圆的，蓝色的鼠标垫，安稳地躺在我的电脑旁。

"哎——胡曙霞！"她又大惊小怪，"你的储物柜怎么这么乱？来，来，来，我帮你整理！"

……

沈老师就像大姐姐，在她面前，我就是个笨手笨脚的小丫头。我喜欢听她说话，尤其喜欢听她说"哎——胡曙霞……"那连名带姓的喊叫里，有着许许多多的善意。一个善良的人，就是一个美好的人，如太阳，让人情不自禁想靠近。

正在电脑前打着字，沈老师又在教室外向我招了招手。

她说："哎——胡曙霞，你的小黄菊开了。"

果然，我的小黄菊又开了。一朵，一朵，灿烂，金黄。曾经一度濒临死亡，是沈老师叫来懂得花草的朋友，帮我一点一点修剪。

小黄菊开得真好，一个个小太阳，仰着金灿灿的脸。

小花小草，没有几个人会在意的，而沈老师惦记着我的在意，那份小小的懂得，如此刻的小黄菊，金光灿灿，小小的，美好的。

四

双十一，其实不想买，不知不觉又买了。看看好友淘书的单子，一时没忍住，也跟着"腐败"了一把。

书，一本一本地送来。每一本都是崭新的模样，淡淡的香，齐刷刷的页。看看这一本，很好，看看那一本，也很好。

一直喜欢看书，就只是纯粹的喜欢。喜欢字里行间动人的语句，那样的相逢，有着知音一般的遇见。很多时候，让人相见恨晚。

人这一世，总该为自己寻找一样兴趣栖息时光。书本，我的好友。枕边、书架、桌上、沙发、抽屉，到处都是。漫长而寂寞的时光里，这本，那本，它们安静地陪伴。

谁说的，人都是有罪的。若真如此，书本就是我的救赎，一本，一本，叩响朝圣的灵魂。

又一次，眼光扫过刚买的十八册新书。

十八，真好。我喜欢这个数字，就如好友而言，即使看不完，闻闻书香，看看封面也是好的。

一本书，一份小美好。

富足，只因十八份美好。

五

美好,又美又好。

小,细微,轻巧。

"胡老师,我这个橘子好甜,好甜,你也吃吧!"是哪个学生在那高声地喊。

把他童稚的话语一一接住,变成一朵又一朵的小美好。

养花种草

养花,种草,种绵密的好,种寻常的盼,种生香的美。平凡的日子里,因了这绿,因了那红,无端地饱满起来。流水的光阴,歇着花草的安宁,上好的锦缎一般,瓷实、闪亮。小惊,小喜,小感动从锦缎的这一头珠子一般滚落,随手捡起,不管哪一颗,都朝着太阳的方向,发光。

一

教室里有几个花盆,一直空着,怪可惜,随手拿来,洒下几颗种子,并不曾期望什么。黑黑的土里埋下一段婉转清脆。或许,有一天,小小的种子,长成一株披红挂绿的意外,谁也说不准。有,自然好,没有,也不要紧。

洒了,也就忘了。种子却没有忘。它在黑黑的泥土里呼吸、顿足、生根、抽芽。"哇"的一声,细细地瘦瘦地露了脸。看见,是几天之后的事,嫩芽像一个小小的婴儿,蜷缩着纤细的柔软,羞涩不安。芽尖上的一抹翠绿，宛若流转的玉，衬得泥土熠熠生辉。心里竟被生命的美好感动得清歌遥遥。是什么时候出来的？它的脚步是否惊动窗前的阳光？它的歌吟是否歌过偶遇的小鸟？

很快，小小的芽，抱着阳光，铆足了劲。一天一变化，让我瞠目结舌。腰板子挺直了，绿裙子绽开了，成了一位亭亭玉立的少女了。有人说，这些是凤仙花。那么这一排排的小绿苗，还会开成红红的花？不禁莞尔，多好，多好。只是几杯泥土，几滴清水，它就会许我一个花开枝满的未来。

凤仙花儿前赴后继地长出来，一个花盆待不下。我就一株一株地分出来。于是，我的书架，我的办公桌上，站满大大小小的凤仙花。书架上，凤仙花和书儿、本儿接踵摩肩。办公桌上，它们从从容容、欢欢乐乐，一株又一株的绿，前赴后继，成为细密的森林。粗枝阔叶的绿，像一个葱茏繁密的夏天，逐渐把我的电脑包围。常常，我躲在饱满的绿叶里，埋头改作业，枯燥的批改，因了这绿，变得清凉起来。

累了，就把目光放在一丛丛的绿意里歇息，那儿藏着清凉，裹着生机，轻轻一瞄，身心轻盈。

凤仙花们不辜负我的爱恋，熙熙攘攘地抽枝，哗哗啦啦地舞蹈，生机勃勃地写诗。

也有人说，这不是凤仙花。

是吗？是吗？不管是什么，都不要紧。哪怕不开花，只是一株草，长得青翠葱茏，就是好。

生命的意义，在于拼命发芽，努力长大。

二

半片叶子，没有枝，没有根。

遇见它的时候，叶子孤零零地躺在走廊的角落。

捡起了它，一个半圆形的指甲印，如同一个巨大的伤口，有绿色的汁液，仿佛眼泪。

一声叹息从心底掠过，尘归尘，土归土，随后将半片叶子埋进泥土。

谁会注意，有半片叶子，在泥土里，迎着风，迎着雨，迎着晴空日丽的好。谁会注意，悄悄流逝的日子里，半片叶子执着努力。它揽住过往的阳光，藏起飘落的雨水。努力，再努力，即使只有半片叶子，也要活着，活着。

蝴蝶见过半片叶子的认真吗？小鸟听到半片叶子的歌唱吗？窗台肯定要感动了，滴滴答答的雨水，从窗沿滚落，是感动的泪。它一点一滴地见证，见证了，半片叶子如何从伤口抽出纤细的根，长成挺拔的苗。

一首无声的诗，每一个字节，都有生命的足音，铿锵响亮。

半个月后，再次经过这里，半片叶子长成一株小小的，小小的燕子掌。

小小的燕子掌，伸出绿绿的小手掌，挺着绿绿的小腰肢，铺开绿绿的小书简，参差有序的肥叶像绿绿的小脸蛋。

多么惊讶。半片叶子，居然长成一株植物。

只要努力，小小的叶片也能成就奇迹。充盈的绿色里，汩汩的生命在奔跑，不停不歇。

人啊，有时候比不上一株植物呢。

人啊，得永远向这些植物学习呢。

三

一盆蟹爪兰，婀娜招展。

多美的花，红艳艳的，燃烧的火焰。那红伸出了手，不由分说地拽住我，仿佛说："带我回去吧，带我回去吧。"

蟹爪兰用热情的眼神望着我，望着我，一直望着我。

即使赶着去学校上课，也忍不住买下了这一盆花。

小小的蟹爪兰不辜负我的好，它在书架上，把一串串红艳艳的花，流火一样地垂挂。甚至那书，那木架，都附着绵延的生动。

转眼，夏到。两个月的暑假，我回了老家。

待在阳台的蟹爪兰，没人浇水，没人照看。漫长的灼热，将它一点点地灼伤。叶片干瘪如纸，奄奄一息。

从老家回来，蟹爪兰软趴趴地匍匐着。

心疼了一阵，随手将花儿移到阳台。

至此，不闻不问。

秋了。10月的天空高远迷人，蓝天抱团打滚，白云蓬松闪亮，桂花陆续抵达。在阳台收衣服的时候，偶尔一瞥，看到蟹爪兰枯萎的叶片上挣扎出一朵又一朵的红。

看错了吧？怎么可能？不是死了吗？怎么还会开花？

盆中之土皲裂如网，枯萎的叶，干枯的根，孕育着一个又一个花苞。它是如何做到的？一朵花，一句问，问得我无地自容。

　　一盆濒临死亡的花，教会了我。哪怕已经陷入绝境，也不能错过最后一个花期。

　　一朵，两朵，三朵，蟹爪兰密密的红苞，烫伤我的手。

雨中剪影

一

一把伞细细倾斜,不管不顾地斜向身边的人儿。

雨珠在伞上欢天喜地,颗颗圆润、粒粒晶莹。她的笑,在一帘又一帘的雨丝中如发光的钻石。而他呢,肩膀湿了,袖子湿了,裤子湿了,浑身湿漉漉。可他却笑着,笑得甜蜜,笑得快乐。

"哎,你浑身湿透了!"她大吃一惊。

"啊,没关系,你没淋着就好!"他憨憨地笑。

"来,靠过来,一把伞两个人,挨得紧一些。"她的目光里有狡黠的喜悦。

"哦!"他悄悄地靠紧了,悄悄地把她拉到怀里。

伞下有什么在"怦怦"地响?是甜蜜的心跳?是雨珠幸福的欢笑?

一把伞,踟蹰前行,仿佛一朵行走在雨中的云。

她想:"这雨,可真好。下得再多也不恼!"

他亦想："这雨，可真美。下得再久也不愁！"

二

"妈妈，你的雨衣散了。"雨中，一声清脆的童音惊飞雨丝。

雨在下，那么大，如同披着银色盔甲的千军万马，一刀一刀地砍杀过来，"啪啪"的声音，长着尖锐的牙。

雨中的母亲，骑着自行车，狼狈且慌乱。发丝湿漉漉地贴着额头，眼睛灌满了水。雨衣凌乱地散开。

雨，雨，直直地打在胸膛，毫不留情。她顾不上拉一拉雨衣，左边一辆车，右边一辆车，那些飞驰的车，多么像雨，让人躲闪不及。

可是，一双稚嫩的手，从母亲的背后悄悄围拢，将两片雨衣紧紧地拢住，像一枚漂亮的针，稳稳地别住雨衣凌乱的"翅膀"。

母亲的胸膛躲在雨衣之下。胸前，是一双稚嫩的手，交叉、合拢，如庄严的仪式。

雨在飞，飞在孩子的手上，飞在她稚嫩的胳膊上。手心的温度，缓缓地叠放，叠放在母亲的心跳上，那么暖，那么亲。

雨在下，继续下，依然是刀砍斧劈的样子，可是它们遇到了合拢的手，纷纷躺倒。那紧紧拢住的小手，如一只敛翅的蝶。耀眼、醒目。

母亲的自行车平稳地骑过，骄傲、闪亮。

雨，纷纷侧目。

行人，纷纷侧目。

三

"笃笃笃"敲门声响在有雨的夜,清晰、响亮、执着。

"是谁呢?这么晚,这么大的雨!"她喃喃自语,披着睡衣,开了门。

"您好,你是明的妈妈吧,我是他的老师!"一朵温柔的笑蘸着湿漉漉的雨点,明亮亮地闪。

"啊!老师!雨这么大,您还赶过来!明,老师,老师来了!"她欢喜且惊讶,声线遥遥直上,激动且喜悦。

"老师!"一个叫明的孩子,从房间跑出,紧紧地抱住。

"好孩子,病了这么久,好点了吗?"

"恩,好多了。我不怕生病,就怕自己赶不上功课。"

"不怕,老师来了,帮你补习落下的功课!"

……

老师的声音,一朵一朵开在灯下。

孩子的回答,一句一句落在课本上。

雨在下,还在下,淅淅沥沥,淅淅沥沥。是一首温馨的小诗,写满天,写满地,写满灯下暖暖的读书声。

四

雨来了。

行人少了。

熙熙攘攘的步行街，恍然寂静。只有雨，还有她。

她是这条街的环卫工人。街叫河坊街，是杭州赫赫有名的旅游景点。平时，人来人往，欢声笑语充斥整条街。

街道两旁，有各式各样的小店。

店多，人多，垃圾自然也多。

她总是拿着扫帚不停地扫。扫了又脏，脏了又扫。如此反复。

今天，落雨，人少。她可以放开了扫。

雨丝如布匹，在整条街悬挂。水花"啪啪"飞，雨声"哗哗"泻。她却是高兴的，一把大大的扫帚，捏在手中，用力地扫过。纸屑、塑料袋、糖果、落叶，还有白花花的雨水，在她的扫帚之下汇拢再汇拢。铁锹干脆利落地一抬，"嚓"的一声，穿起水花几朵，一堆垃圾高高扬起，稳稳地落下。

她身侧的小车上，垃圾堆得冒出了尖。雨丝从垃圾上纷纷滚落，飞珠溅玉，晶莹剔透。

她守着整条街，守着一街的雨。

整条街，干净明亮如镜子。

水影憧憧中，鲜艳的工人服，如一团橘色的花，亮亮地开。

五

雨打车窗，一溜儿一溜儿。从逗号蜿蜒成小溪再变幻成细细的山路。"唰"，雨刷有力地一抹，车窗又恢复平静，清晰如初。

从凤起路到八字桥，从花园南村再到雅士苑，是今晚最后一趟班。

他的车在城市里稳稳地穿梭，是一艘灵活的船。哪里拐弯，哪里直行，闭着眼睛，他都清楚。

雨在下，滑过玻璃的图形，仿佛笑脸。这让他想起妻子。他的妻子也是这么笑。他的心里泛起涟漪，一圈一圈荡漾。

他的妻子已经等在终点站，固执地迎接晚归的他。此刻，她会被雨淋湿吗？他有点心急了，希望快一点，再快一点。

斑马线，一位老人撑着伞，抬头望望他的车，望望雨。老人踌躇不决，不知是先让人过去，还是先让车过去。

他缓缓地踩了刹车，稳稳地停下车。手伸出车窗外，对老人挥了挥。

老人笑了，踩着雨水颤巍巍地过。一个高高竖起的大拇指，朝他亮亮地送过来。

天地安静，一人，一车，雨丝纷纷飞。

飞呀飞，如细细的蝶。

那蝶，一只一只飞到她的手心。她翘首期盼，看到那辆熟悉的车穿过夜色，不疾不徐地驶向终点站。

他说："我让了好几拨行人，对不起，让你久等了！"

她说："不会久，车让人，应该的。"

他笑了，她亦笑了。

六

这雨真恼人。她恨恨地想。

冬天的雨挟持寒冷的风,让她的心透透的凉。还有那天空,阴沉着一张脸,多像丈夫的表情。

一纸离婚书,隔断了她与丈夫的情。她躲在家里,整整一个月,大门不出二门不迈。偏偏,天空总是下着雨,细细的,密密的,飘飘的,渺渺的。看得她心痛,眼痛,头也痛。

情绪泡在四面八方的雨丝里,惆怅成一团吐不出的茧。

那日,推开窗,她看到雨中的蟹爪兰。

一度濒临死亡的蟹爪兰,在一个月的绵绵细雨之后,居然挣扎出嫩嫩的绿。

她愣住了。向死而生?

小小蟹爪兰,在雨中,密密含笑。有泪在眼眶喷薄而出。为自己,也为复活的蟹爪兰。小心地捧着那簇绿,有什么在雨中消散。

冬来了,春也不会远了。

她暗暗地想。

七

一叠书、一袋果、一把伞,我在雨中急匆匆地走。

心下盘算着试卷几时批,课件几时做,孩子的作文几时改。人流匆匆,步履频频,躲在拥挤的人流中,一个不注意,踩到坑里,"哗"的一下摔了跤。

果子滚,书本洒,雨伞飞,白裙子沾满水坑的泥。

尴尬、脸红、懊恼不已。都是这该死的雨!心里诅咒着。却有人伸出了手,轻轻地一拉,将我从水坑中拉出来。一些人忙着捡果子,一些人忙着找书本,那把飞得老远的伞也稳稳地朝我递过来。

"老师,你的果子,一个也不少!"

"老师,你的书本,都擦干净了!"

"老师,你的伞,拿好了!"

……

其实,都不认识啊。只记得大人一律笑呵呵,和蔼的模样;小孩一律戴红领巾,鲜妍的模样。

仿佛一切都没发生。人们有条不紊地朝着回家的方向。我站在雨中,暖暖地笑。

雨在下,滴滴答答,滴滴答答,如歌,如诗,如画。

八

那年那月,孤身一人去遥远的城。

轻轻地说话,轻轻地行走,轻轻地为人。小心谨慎的岁月,一任微笑在脸上生根发芽。

笑得多了,脸会疼吗?

夜晚,狭小的房间,寂寞是大大的旷野。

可是,雨来了,雨来了。一叠雨声,一怀念。心动,声走,天地缠绵。雨急,金戈铁马裂帛声;雨弱,簌簌私语情谊长。滴滴答答,点点落下,恰似古筝淙淙琵琶邈。

不怕,不怕,夜晚不黑,有雨呢。不怕,不怕,月亮不哭,有雨呢。

　　珍珠一般落地，小花儿一样开放。雨声漫天漫地地笼过来。天也不孤单，地也不孤单，她也不孤单。细细的，密密的，是安抚，是陪伴，是懂得。

　　草木噤声、书橱屏息，听雨落，一声，一声，又一声。夜晚温柔，梦乡温柔。她的笑，噙着雨声，回到遥远的故乡。

　　梦中的故乡，也在下雨。

　　她扬起头，朗朗地接住一捧又一捧的雨。

在 一 起

　　杨绛的《我们仨》看过，只觉得好，又说不出具体怎么好。

　　却原来，好的文字是一锅慢火炖的汤，生活的清汤为底，真情的佐料为辅，寻常光阴寻常味。出锅，丝丝袅袅的雾，熏得你的泪滚滚落。只因，那叙说，有着酸甜苦辣甜，一道味，一个面，稳妥地契合你的经验，你的过往，你的寻常日子寻常光阴，当味道相符，纹路相似，情感的轰鸣如烟花一样绽开，有感慨，有幸福，也有绵绵不绝的忧伤。

　　廷珍说，阿黛尔的失恋情歌让那么多的人欲罢不能，是因为一首歌，唱出许多相同的类似。类似的恋恋不舍，类似的刻骨铭心，类似的疼痛难抒。歌是如此，文章亦相同。《我们仨》，一个家庭的欢笑幸福，在走失的那一天，天下的"我们仨"失声痛哭。

　　《我们仨》是妻子杨绛、丈夫钱钟书和女儿钱瑗。开篇寥寥几笔，描述在一起的场景，那样的片段有欢笑，有幸福，有甜蜜。笔锋一转，以梦的方式，漫长、不遗余力地描述一家三口走失的过程。

　　爸爸躺下了，妈妈胆战心惊；女儿也躺下了，妈妈溃不成军。只看一遍，平淡的叙说长出荆棘，咬着你的心，留下刀刻的痕。

梵·高的父亲对梵·高说，死比生容易，生比死更难。无端地想起此时的杨绛，被生离死别的长枪高高戳起仿佛一个支离破碎的布娃娃。离世的人，不难，难的是仍然活着的人。妈妈杨绛写着："我觉得自己的内心起了血泡，像一只饱含热泪的眼，'突突突'，心上又起了无数个血泡，每一只都是饱含热泪的眼。"

不敢看这样的字，伤痕一般，内心的疼，汩汩而出，借着眼中的泪与杨绛的心痛在一起。

天下有多少的家庭都是我们仨。有欢笑，有甜蜜，有争执，也有吵闹。当时只道是寻常，以为在一起，是天经地义，是稳固的堤坝，团结的大山。一家三口，爸爸、妈妈、孩子，互相牵挂，互相照顾，互相把对方放在心尖上。你会喜欢，那样其乐融融的氛围。

只有经历过走失，才会懂得在一起是春暖花开，是人间四月。

五岁，刚刚记忆的年龄，爸爸走失了。太小，不懂得什么是走失。以为爸爸去了远方，总有一天他会回来。满院的哭声，童年的第一道伤，灰的、黑的、白的，浓重如雾。泪在脸上，成了两条河。伸出手，跌进河，有痛，深不见低。我在河里沉浮挣扎。

没有父亲的童年是一间阴暗的屋，躲在屋里的我长期不见阳光，敏感、瘦弱、胆小、自卑。

多希望走失的爸爸能回来。很长的时间里，我盯着村里每一个外来的陌生男子，以为在他们脸上能看到爸爸回来的容颜。

却不懂，生离死别是永远无法抵达的终点。

无数次的幻想，如果爸爸在，我的命运、姐姐的命运、哥哥的命运，会是怎样的天晴日暖。

总是更懂得妈妈的苦。一路看她艰辛抚养我们仨。总算，顺顺利利长大了，一个个开枝长叶，一个妈妈，三个娃，还有娃的娃。我们忘记久远的伤，在一起，幸福地在一起。

常去旅游，也会遇到寺庙，并不信佛的我，总会虔诚地下拜，永远只有一个愿望：愿佛祖保佑我们平安与健康，保佑我们在一起，一直在一起。

朋友相聚，若谈论理想，他们的理想都是青枝绿叶，红花烁烁。只有我，我总说，我的理想是，家人安康，在一起。

他们笑，这算什么理想，每个人都拥有。

我沉默，并不辩解。他们不懂，在一起，多么珍贵，世间万物比不上的好。只有曾经走失过，才会懂得，在一起是光阴里最大的福祉。

前几日，手机静音。出去吃饭的功夫，竟有七八个未接电话，显示来电的是一大串的亲情号码，家里最亲近的人，一个号码重复两三个未接电话。这样的情况从未有。我紧张、慌乱、心跳如鼓，不祥的预感四处乱窜。难道是家里出事？是不是妈妈？

回拨电话的手有点发软，一下子竟按不出去。666，哥哥的电话，通话中。662，姐姐的电话，通话中……

额头冒汗，手心发颤，一个很坏的预感变成一条蛇，勒住呼吸。认定是一刹那的事，肯定是家里出事了，必定是不好的事，是家里的哪一个？猜想，密鼓一般，撞击着心跳，咚咚回响。

665，妈妈的电话。

喂，小囡，你给妈妈打电话了？声音传来的那一刻，悬着的心，终放下。捏手机的手，太过紧张，竟有虚脱之感。

妈妈，你好好的，大家都好好的啊。我笑了，又哭了。

是啊，傻孩子，我这不是好好的吗？妈妈的声音，动听、温暖、慈爱,世上最好听的声音。

每一个人都好好的吗?我问。

是啊,是啊,每个人都好好的。妈妈重复着。

心,稳妥安放。感谢上天,每一个人都好好的。

有什么,比"在一起"三个字更美好?

没有,再也没有了。

烟火人家

一　柴

奶奶的眼睛灵敏至极，时时处于搜索的状态。一截枯枝、几片废纸、飘落的笋壳、干枯的芦苇……但凡能烧火的东西，都逃不过奶奶的眼。走着走着，她的左手里捏着一撮儿东西；再走着走着，她的右手里又捏着一撮儿东西。奶奶说这些都是"柴火"，"柴火"被奶奶紧紧地攥着，又"啪"的一声抛到锅灶窟里。

"锅灶窟堆满了柴，烟火才会旺。"奶奶说这话的时候，印辙一般的皱纹弯成了弧，波纹似的。

我是奶奶的小跟屁虫儿，奶奶走到哪，我跟到哪。不知不觉，我的眼睛也挂着一盏巡逻的灯，豆萁、麦秆、稻草、芒萁、松树毛、松果……但凡能烧火的，通通被我搜刮一空，再一股脑儿地丢到锅灶窟。

锅灶窟一日日地丰盈，又一日日地干瘪。在丰盈和干瘪之间，日子行云流水地走了。各种各样的柴火，在锅灶窟窃窃私语，又在灶膛里轰轰烈烈。柴,变成火,烈灼灼,亮晃晃,仿佛摇滚的太阳,赤焰沸腾。

秋天的时候,奶奶提着竹篓带我去树林捡树叶。

奶奶拿着火钳,我拿着铁丝,到处都是落叶,纷纷扬扬,遮天蔽日,像一场金色的雨。巴掌大的叶、手指宽的叶、脸蛋儿长的叶,从高高的树上飘下来,很像奶奶落的发。奶奶在清晨的微光里,解下黑色的帕,轻轻一梳,白发悠悠地掉下来。叶子也是秋天的发,风儿一梳,阔大的叶,纷纷地落下,它不是白的,而是黄的,像一只只硕大的蝶,凌空而舞。

但,此刻,它们微微卷起枯黄的躯,等着我们去捡拾。厚厚的一层,轻轻一踩,"沙沙"作响,仿佛听到骨头破碎的声音,叶子也有骨头吗?

"把叶子穿进铁丝里,回家放在灶膛里好烧饭!"奶奶叮嘱着。

我听话地把铁丝"咔嚓"一声穿过叶片,叶片似乎颤抖了一下。一片、两片、三四片,长长的铁丝,密密麻麻的叶,这让我想起了糖葫芦,或是绑在一条绳上的蚱蜢。大的、小的、长的、尖的、椭圆的、菱形的。为什么世上没有完全相同的叶?我百思不得其解。"噗""噗"有什么从树上坠落,重重地没入叶堆里。我丢下成串的叶,寻找落下的果,原来是浑身长刺的家伙,剑拔弩张的样,中间裂开一个细细的缝,露出深褐色的皮。奶奶用火钳轻轻一夹,那果子被高高举起。它披着尖尖的刺,蜷缩成一团,像是绿色的小刺猬,奶奶说这是板栗。

"好好地串叶片,回家给你烧板栗吃!"奶奶的声音喜悦而高亢,穿透秋天的薄阳,嘹亮地飞舞。

脚步加快,动作也加快了。"咔嚓""咔嚓",一片片叶,挤满细细的铁丝,轻轻一撸,成串的叶片纷纷滑到竹篓中,蓬蓬松松地冒出了尖。

塞满落叶的柴窟，瞬间肥胖起来了。

红红的灶膛，落叶在"噼里啪啦"地燃烧着，锅里的米饭冒出了香气。此刻，爷爷正走在回家的路上。

"明天带你到山上撸松树毛，那些毛儿满山都是，烧火最是好！"透过蒙蒙的白雾，奶奶一边用勺子拨弄锅里的饭，一边对灶膛添柴的我说。

"好！"我接过奶奶浸在水雾中的话，仿佛接着一颗湿漉漉的果。

二 米

米是怎么来的？

结巴二叔用他饮过山风日月的眼睛，洞悉每颗种子的秘密。播种、插秧、拔节、抽穗、扬花、孕穗、灌浆、收割，每一道既定的程序，都会在二叔的心里搭起一节希望的梯。

此刻，"希望"爬至梯子的顶端。沉甸甸的稻穗，在二叔的脚下浩浩荡荡，汇成流畅不绝的发声："收割吧！"二叔听明白了，他把稻穗把接住、抛起、再接住、再抛起。

一把镰刀，一顶斗笠，一身破烂衣裳，二叔踩着星星发出淡淡的光，出发了。

他左手捏住稻子的根，右手挥镰一割，一茬稻子到了手中。深深浅浅的脚印嵌在湿润的土地上，一只只披着甲壳的虫在鞋印里爬上爬下，一茬又一茬的稻子握在二叔的手中，簌簌发抖，清香扑鼻。一只手捏不住了，扯几片稻叶，随手一卷，再把叶尖从圈里绕出来，绕进去，这便是一捆了。

火红的太阳，从山的背部"哗"地蹿起，天空高远而迷人，几只鸟雀"唧唧"地掠过。二叔直起背，擦了一下脸颊的汗。

"二叔，吃饭啦！"我把奶奶准备的饭菜高高递过去。二叔坐在田埂，用沾满泥土的手托着粗瓷大碗，大口吞咽。他的喉结上下滚动，一些汤渍、汗渍从他的脸上纷纷滚落。

稻田光秃秃的，剃过头似的，平坦坦、空荡荡。寸把长的稻根，如树木的桩子，一茬一茬地钉在稻田上。我提着小篮子，在二叔割过的地方，寻找掉落的稻穗。刚收割过的稻根，仰着齐整整的印口，冒着袅袅的清气。金灿灿的稻穗零星散落，它们鼓着饱满的籽，闪着金黄的光，像一把钩，躺在湿润的泥土之上。

吃完饭，二叔抡起扁担，挑起稻子，往打谷场赶去。

一米来宽的打稻机，布满三角的钢丝，像一只长满鬃毛的猪。一脚踩下去，前面的滚筒"哗哗"转动。二叔拿着稻子，朝着滚筒，翻转稻穗。谷粒沸沸扬扬，纷纷而落，越积越多，堆成小山似的尖。

阳光很好，谷粒很香，接着就要晒谷，我坐在树下看着二叔晒谷。

晒谷需要宽宽大大的簟，还需要长长细细的耙。谷子倒进簟里，耙伸进谷堆细细匀开，这很像梳头发，一道道优美的弧在谷粒上弯弯横生，让我想起奶奶脸上的皱纹。

晒谷需提防家禽来偷食，赶鸡、赶鸭、赶小鸟，是我的任务。我拿着细长的竹条子，像模像样地挥舞着。可惜，鸡鸭久久不来，我蹲在树下找落花。那花有壳，尖尖的三角形，我把壳一个个地套在指头上玩，十个手指戴得满满的，鸟却来了，"啾"的一声，落下，三四粒谷子已经下肚。我拿着竹条追，狠狠地打，鸟儿尖锐的爪儿惊慌地扒拉，"唰"的一下，好多谷粒洒落泥土里。那只鸟，箭一样射向了天空。

驼背二公虎着脸喝道："就知道玩，让鸟儿糟蹋了粮食！"

我朝驼背二公吐了吐舌头，继续找花儿找三角形的壳，继续戴满十个指头。

晒过太阳的谷子倒进了谷仓，金子般，亮闪闪。奶奶就用秤称了小小一袋送到碾坊去壳，碾坊里机声轰隆隆，谷子"哗哗"倒进去，白白的大米水一样流出来。

这就要过节了，一个很隆重的节——尝新。

这天家家烧新米，炊烟里缭绕着米饭的香味，在空中互相缠绕、攀比。奶奶早早地烧好了米饭，慎重地盛出几碗，垒得尖尖，放在桌上，说是供祖。祖先尝过了，才轮到我们吃，那天的米饭真香！白、软、松，还有一丝甜。

饭碗必须是干干净净的，就是一粒米掉在桌上，也得眼疾手快地捡起来吃掉。奶奶说，粮食最宝贵，要是糟蹋，雷公会打下来。

我不怕雷公，却怕奶奶。要是掉了一颗米，奶奶的大巴掌就会毫不留情地扫过来，所以，我乖乖地把饭粒儿吃干净，拿着亮堂堂的碗，脆生生地说："再来一碗！"

三　油

小婶提着满满一大篮猪草，在宽大的砧板上剁得震天响。人高马大的小婶，有的是力气，三下两下，成堆的猪草成了刀下细细的长条儿。

剁好的猪草，被小婶倒进黑黑的大锅里烧煮，这便是猪吃的食物了。有时是红薯藤，有时是燕麦，有时是紫云英。满满一大锅草藤，吐着沸腾的水"扑通""扑通"响个不停。

水蒸气透过锅盖的缝隙突突地冒出来，小婶的身子笼罩在白白的水汽里，模模糊糊、朦朦胧胧。只见她操起大勺利落地插入锅底再把猪食翻个底朝天，一锅的猪食翻上来压下去，热气腾腾。

小婶照看着自家的猪，很像是照看着自家的娃，拎起黑黑的木桶，笑眯眯地倒下去，拌了饲料的猪食，瀑布一样地奔向石质的凹槽里。

猪儿们认得小婶，从黑乎乎的猪圈里支起了双腿，哼哼唧唧地跑来。长长的鼻子，插入冒着白气的猪食中，宽宽的嘴巴"吧唧""吧唧"。猪儿们吃得口水四溢、食物飞扬。在它们看来，吃食是世上最隆重的事，认认真真、勤勤恳恳、欢欢畅畅地吃，才对得起喂养的主人。

满头、满脸、满槽、满圈都是飞溅的食物，猪儿们不忘甩一下扇子似的耳朵，抖索一下浑圆的肚子，"嗯、嗯、嗯""乌拉乌拉""吧唧吧唧"各色的声音从猪的口腔、鼻腔、腹腔齐齐发出，像一首多重奏的咏叹号。

小婶喜欢听这样的声音。猪吃得越欢，她脸上的笑就越多。笑着，笑着，眼前浮现出一块块肥腻腻的白肉来。一头猪，熬出的油，一家人可以吃上一年。

想到这里，小婶的眼睛里发出闪闪的光。

"啪！"拖着鼻涕的堂兄拿着一块石头砸了猪脑袋。"奥——"猪扯着嗓子嚎了一声。

"短命鬼，哪个喊你砸我的猪！看我不打断你的腿！"小婶拿着擀面杖追得堂兄鸡飞狗跳。

而猪晃了晃脑袋,依旧美美地吃着。

腊月,家家杀猪。

清晨,还在梦里,一声凄厉的长嚎,划破冷冷的天,小婶辛辛苦苦养的猪被宰了。

猪头、猪脚、猪尾巴、猪肝、猪肺……一头猪被分割。一部分卖钱,一部分送人,一部分腌制。剩下白花花的肥肉,小婶通通用来熬油。

小婶养的猪,白腻腻、肥滚滚。肥肉案板上一切,油水丝丝渗出来。大锅烧得滚烫,小婶把块状的白肉从案板上推下去。"滋滋滋",亮闪闪的油,汪汪地熬出来。油,越来越多,越来越多,白肉儿越来越小,越小越扁,渐渐地,成了金黄色的块状浮在油之上。眼看着一大锅的猪油熬得差不多了,小婶拿来褐色的坛,把油小心地舀进去。剩下的油渣,抓一点盐洒下,扁勺压一压,浇上一小勺红酒,喷喷香的味"轰"的一下充斥小小的屋。馋虫勾得满嘴的口水滚出来,我偷偷地伸手捏起一块,用力一咬,脆崩崩,香喷喷。

冬天的猪油,装在陶瓷罐子里,冻结成固体状。白白的,硬硬的,膏脂一般,很是好看。小婶很是珍爱这猪油,每次炒菜,只用筷子的尖部蜻蜓点水一般,划出蚕豆般一小块。若多了,还要在罐口甩一甩。大铁锅烧得冒青烟,筷子伸下去了,在锅里一划拉,顶部的油腾腾地化,如一朵白色的花,越开越小,成了小小的一汪水。盐粒适时地倒下去,"霹雳巴拉"几声响,盐粒蹦着跳着扑上小婶的手,满屋子里的烟火味,在灶前袅袅舞蹈……

四 盐

田里的芥菜,长成小树一般的模样了,绿汪汪、紫溜溜,阔大的叶片直挺挺,有我半人高。小叔拎了菜刀把芥菜一棵一棵地砍倒,满院子堆着砍倒的芥菜,青绿色的梗,齐刷刷的叶,整个院子都是绿色的了。

"丫头,去,帮叔买点盐去!"小叔站在屋檐下,朝我招了招手。

我愉快"接令",拎着篮子,风一样地跑着,毛票子在手中簌簌舞,蝶儿一般。我想快快地买回盐,好跟小叔一起腌咸菜。

麻脸花婶专卖酱醋盐,粗圆的大木桶装满了盐,白花花,堆得冒出了尖,像冬天的雪花。

我跑得气喘吁吁,一张皱皱的毛票递了过去。麻脸花婶轻轻地笑,一脸的麻子跳舞似的。

花婶麻利地称好盐,装进我的小篮子里。"慢点啊!"花婶脸上的麻子又跳起了舞。我拎着菜篮子,头也不回地往回赶。小村的路,疙疙瘩瘩,遍布小石子,走得太急,一不小心,绊倒了,我像张开四肢的青蛙,直直地扑下,篮子从胳膊脱落,"啪"的一声,飞出老远。雪花似的盐,水流一样撒满地。

红扑扑的膝盖,白花花的盐粒,哪一样都让我想哭。

忍住眼泪,爬起来,把盐粒儿一捧捧抓回来,抓回来的还有沙粒儿、草屑儿、小石子儿。白白的盐,变成了"大花脸"。好不容易憋住的泪,又打着滚儿从眼眶里爬出来。

如何是好呢?忽然想到,脸蛋脏了,洗洗就干净;衣裳脏了,洗洗就干净。是不是盐粒儿脏了,洗洗也就干净了?我为自己伟大的发现而震惊。拎着篮子,急急地跑到小河边。

一篮子的盐浸到河水里,学着洗衣裳的样来回搅动,"唰""唰""唰",白花花的水,白花花的盐,盐粒儿,越来越小,越来越瘦。它们都去哪里了?等我惊觉拎起篮子的时候,一篮子的水从缝隙下雨似地漏下去,而盐呢?不知跑哪儿去了,篮底只剩薄薄的一层,上面还有小石子、泥沙子、草屑儿。

篮子轻了,盐粒儿却不见了,我拎着空空的篮子,仿佛拎着巨大的悲伤。

小叔把满院的芥菜剁成丁,他向我摊开满是菜叶的手。

"盐呢?"小叔疑问。

"嗯——嗯——"我支支吾吾。

"问你话呢!"小叔急了,从我身后一把拽过篮子,一看,又气又怒。

"死丫头,咋回事?是不是拿钱去买零食了?"小叔把嗓子吼得震天响。

"盐脏了,我去洗,不见了……"声音越来越小,越来越轻,只希望有个地缝,一头遁进去。

"啊?不见了?"小叔抡起巴掌打了我的屁股,我"哇"的一声哭起来。哭声气壮山河、九曲回肠,震得枝头的小鸟,"扑棱"一下飞走了。

"我自己的娃自己会教,哪里轮到你动手!"母亲不知啥时,铁青着脸,护在了我的前方。

"她,她,她糟蹋了好多盐……"小叔说话怎么也和结巴二叔一样了?

……

我拎着菜篮子悄悄地退到里屋,我想问问奶奶,为什么盐碰到水,就没了?

在我看来,这是个很重要的问题。

紫薇长放半年花

一

　　立秋之后是处暑。处，止也，暑气至此而止矣。

　　处暑之时，秋老虎正燥，太阳毒辣辣，密布的热浪一波又一波，暑气之下的紫薇花儿，仰着或蓝或紫的笑脸，一路铺排，沸沸扬扬。

　　初见紫薇，惊艳。这花，与众不同。它的瓣，卷曲如波浪，边缘部分，凹进、凸出、凸出、凹进，如姑娘打着褶皱的裙摆。一花有六瓣，圆锥花序，似一轮盘。瓣的底部，一根细长的嫩茎托着它。远看像舞动的绸衣，成堆成团，簌簌跳跃。近看，末端的花苞，密密排列，绿色的小纽扣一般。

　　花开满树，成团的紫雾下，花骨朵儿炸开，爆米花似的，密叠叠，一身柔柔的紫衣，蝉翼一样薄单单，水粉一样艳灼灼。

　　风动，花摇，沸腾，热烈。

　　而阳光，从处暑时节的天空倾泻而下，一路奔腾。公园、道路、池畔、草坪，紫薇追着阳光，开呀开，或白，或粉，或蓝，或紫，一身艳丽，一陇翠叶，又安静又热烈。

二

在古镇，遇到一株孤植的紫薇树，刻骨铭心。

光滑的树干擎着枝丫，树冠隆起，撒开的网一般。粉紫的花儿缀满枝头，繁密得让人喘不过气来，接踵摩肩的花儿，向着碧蓝的天，怒放如火。一棵，仅一棵，却营造出成片的气势，枝上又生枝，向着两旁斜倚而出，每一枝，花开成百。

如此隆重，如此尽情，想到倾其所有，想到孤注一掷，还想到破釜沉舟。豁出去，要开就开得惊心动魄；豁出去，要美就美得天地失色。紫薇，温柔的外表下，一颗刚烈的心。

彼时，天空，光滑如镜，一色的蓝，透迤而去。

彼时，紫薇，如火如荼，一色的紫，前赴后继。

此情此景，让人迷恋，如同陷入一场毫无预谋的深情，丝缠，线绕，欲说还休。

一个关于紫薇的传说在脑海盘桓。

据传，天上有一位俊美的太阳神九王子，所有的仙女都倾心于他，包括平凡的紫薇仙子。王子如太阳，光芒四射，而紫薇仙子，只是黯淡的一颗星。

一日，王子路过紫薇仙子的花园，心上人越走越近，她却紧张得说不出一句话，喊不出一个名，眼睁睁地看着王子从门前路过。等到她终于鼓起勇气追上王子之时,发现王子的身侧站着美丽的牡丹仙子。

原来,王子与牡丹早已互相倾慕。

原来,紫薇依然只能远远地望。

苦涩与疼痛留给了紫薇仙子,她说:

喜欢一个人那么久,都没告诉他;

喜欢一个人那么久,都没让他正眼看看我;

即使发现他有了喜欢的人,

可是,

我……依然爱着他……

隔着一朵花,你却不知道我爱你;

世上最远的距离,让人黯然神伤、如刺如芒。

这样的紫薇仙子,让人心疼。世间情爱,最怕一个深,深不见底,深不可测,深到倾其所有,依然心甘情愿。

紫薇的花语:沉迷的爱。

如果你的家开满紫薇花,请相信,紫薇仙子将会眷顾你,给你一生一世的幸福。

三

车来车往的城市里,也有紫薇,在街道上,一排排、一行行,成片绵延。

粉屑、尘末、废气在身侧叫嚣,而紫薇不为所动,不管不顾地绽放,日夜不息地吞吐,用一身高贵的紫色为人们遮阳、滞尘、绿化、减少噪音。

路过的人，或许注意，或许不注意。

有什么关系？紫薇依然是紫薇，摒弃繁杂，努力开花。从炎炎夏日到凛凛秋日，三四个月之间，仿佛井喷之水，一簇簇、一团团、一树树，开不完，开不尽。

不知哪来那么多的力气，竟是不败的。

这，让人想到舞台之上的魔术师。一双空空的手扯出万千条手绢，转身、挪步、抬头、侧腰，手中的绸缎手绢儿扯也扯不完、拉也拉不尽，洒满整整一舞台，手绢儿还在往外冒，止也止不住。

"谁道花无百日红，紫薇长放半年花。"世有昙花仅一现，还有樱花风吹就化，紫薇的花期之长，难能可贵。

在图片里见过一棵老掉牙的紫薇树，凌空砍去树冠，却依然开花。树干粗大，需两人环抱才可，裸露的树身，筋脉挺露。枝条呢？新发的吧，短短的，凌乱的，一簇簇的紫花覆盖曾经的伤口，迸出新的生命。

戴着花冠的紫薇，凌空傲世，仿若初生。

有人说，紫薇寿命很长，活到五百岁，依然繁花似锦。

五百岁，经历多少风风雨雨，看过多少缘来缘散。它的阅历，它的深沉，胜却凡人。

紫薇树年年生表皮，年年自行脱落，树干光滑、敏感。轻轻一抚，枝晃、叶摇，甚而会有轻微的"咯咯"声。如此神奇，通了灵性一般，仿若一个知情达意的人。

若紫薇有性别，必定是姑娘，浅碧笼裙衬紫巾，摇曳逶迤，花影婆娑。

紫薇姑娘，一定是《还珠格格》中的夏紫薇。夏紫薇，温婉端庄、聪慧善良、才貌无双，骨子里的优雅，从一个简单的万福礼可见端倪。镜头中，紫薇姑娘微微屈膝，微微颔首，优美的弧度，说不出的风情，此风情让人怦然心动。相比小燕子的咋咋呼呼，紫薇的知书达理，显得高雅端庄。

而紫薇花，有很好的寓意：红运绵长，美好吉祥。

从古至今，人们一直崇尚紫色。古有紫袍玉带、紫绶金章、紫气东来，今有北京城清朝皇帝遗留的住所——紫禁城。

紫，是紫薇的本色。

当年运势低迷的陆游，曾对紫薇吟唱："钟鼓楼前官样花，谁令流落到天涯。"

曾任职杭州的白居易，也对紫薇抒发："紫薇花对紫薇翁，名目虽同貌不同。"

借花言志的杜牧，更是写下千古名句："桃李无言又何在，向风偏笑艳阳人。"

豁达、超然、自信、洒脱的杜牧因了这诗收获了一个称号——杜紫薇。才华横溢的外表之下，有着丰富的内涵、坚强的意志、坚定的信仰、大无畏的精神。

古时，紫薇曾有"官样花"之称，士大夫纷纷在庭院种植。官样花，未免有些俗。而紫薇，其实属于大众，它植根于千家万户。

如果你驱车，行道路上，定会看到它。

烈日之下，簇簇含笑，一路芬芳，从夏到秋。

第二辑

转角遇见爱

沉默是辜负

年逾古稀的舅婆走失在杭州。在走失的这一天，她遇到什么？患了老年痴呆症的她，会害怕吗？会孤独吗？会求助吗？陌生的城市那么大，陌生的道路那么宽，陌生的人儿那么多，她是否坠入巨大的陌生里，如一个惶恐的小孩，而哭而泣？

总是相信，这个城市不乏温暖，总是相信，会有一双善良的眼睛发现她。感谢发现舅婆并将她收留的永嘉乡亲，他们的善良，让我相信，有一种传递叫——老吾老以及人之老，幼吾幼以及人之幼。

与舅婆，往日并无联系，更甚少相处。在她走失的那一刻，却想起，很小很小的时候，我随母亲从乡村到小镇营生。每隔一段时间母亲便去瑞安进货，每当这时，便把我嘱托于舅婆。犹记那时的我，家境窘迫，刚刚丧父，胆小、自卑、内向。而那时的舅婆还不算老，住着高大的新房子，过着宽裕的生活。她拉过我的手，轻言细语地笑，又在满桌的菜肴前嘱咐我多吃。

又想起，每每年关将至，母亲的店铺异常忙碌，舅公亲自过来帮母亲看店，递个货物，收个钱，盯梢个顺手牵羊的贪小便宜者，事无巨细，不厌其烦。大年夜，我与母亲回乡村过春节。舅公宿在狭窄的店铺，帮母亲看店，一年又一年，年年如此。想当年，舅公也是小镇有头有脸之人，却愿意为母亲躬身至此，我想，舅公的慈爱里，一定存着高尚的怜悯之心。

还记得，那年，我二十七岁，母亲遭遇生死劫。温州第一人民医院，陪侍的夜晚，暗、黑、冷。舅婆的女儿们一个一个地来了，她们送来许多钱，送来许多暖。大表姨接我去她的家，她说，医院不好睡，你且在我家好好休息。二表姨炖好补品送到病床前，叮嘱我母亲好好养病。所有的场景，热气腾腾，打湿我的眼眶。人在绝处，向你伸出的手，有着太阳的温度。

如今，舅婆老了，老得忘记了很多人，很多事，老得忘记了回家的路。而我能为她做什么呢？只是转发了寻人的微信，只是打了两个问候的电话。在舅婆寻到的那一刻，表姨致电母亲，她说，霞儿还打了两个电话啊。在她那，是感激复感激了。而于我，是未帮上忙的愧疚与不安。

父亲生病的那些年，曾用一个小笔记本密密麻麻地记录，所有看望帮助过我们家的人，他都认真地一笔一画，书写，铭记。他想以此教育我们，滴水之恩，涌泉相报。

而我总是不成气候，愧对父亲的教导。天生清冷，缺乏热情，疏于联系，不善表达，还常常沉浸在自己的世界，对身边的人不闻不问。

在我的家族里，外祖母、母亲、姨妈、姐姐、表姐，个个贤惠暖心，只我始终是个例外，我格格不入地对内心保持沉默。

沉默是辜负。杭州的姨妈视我如己出，在她手术期间，我只看望过一次。姨父说她至今无法下楼，而我？这么近，这么近，何曾探望过第二回？

沉默是辜负。温州的姐姐疼我爱我丝毫不逊母亲半分。那日，她说，好想念杭州的丝绸，我忙着手头的事，敷衍地说，改日自己来买吧。

沉默是辜负。文成的滨，杭州的静，还有许许多多一起相处过的人，不厌其烦地包容我，呵护我，一而再地原谅我，原谅了我"投之以琼瑶，却未报之以桃李"。

幸好。走失的舅婆找到了。我曾一度担心，若舅婆就此消失在这个城市，记忆中的馈赠又该向何人诉说？ 爱在当下。等来不及了再追悔，是多么愚蠢的一件事。

前天，我一个人冒着大雨，为姐姐寻找丝绸。她一直念叨的丝绸，于我，其实只是举手之劳。我的姐姐，聪明、美丽、优雅、大方。我想，只有上好的丝绸，才配得上她。

今天，我在盘算着周末的行程，再忙，也该看看术后的姨妈。老人家，并不在乎你送她多少东西，只盼望着你常来坐坐。

明天，是不是给一些朋友，发一些问候的话语？他们给予我那么多的好，而我总是困顿于内心，疏于联系。

女儿说，壮壮奶奶烧的菜真好吃，可我却不好意思说。 我说："丫头，你一定要学会表达，把你真诚的赞美大胆地送给别人吧。你不说，你不做，别人永远不知道……"

难得糊涂

从认识雨的第一天起，她就皱着眉，生活中的点点滴滴，皆是不顺心。

问，哪来那么多的烦恼？

她说买房子，婆婆事先答应的二十万只给了十万，又说楼下的邻居对她漏下的空调水不依不饶，还说房子好了，可车子的事又没解决？末了，她愤愤地埋怨老公，都是他无能，否则我何须如此劳累？

她在乱麻似的纠结里，看不到一点点亮光。所谓的烦恼抽出枝条，长出叶，搭成棚，天穹似的笼罩。生活是一地鸡毛，飘浮到半空，纷纷扬扬，聚拢，吹散，再聚拢，再吹散。她觉得心累，手累，眼睛也累，全身都累。

怎么会不累？有了房子，想车子，有了十万，想二十万……人的欲望，永无止境。它们是捆绑的绳，负重的壳，压得人喘不过气来。得到？失去？当雨拿着放大镜细细计较时，过了头的精明伤害别人也伤害自己，仿若针尖与麦芒，不管哪一头，都会戳得人流血又流泪。

物质的东西，要追求，哪有尽头？有房了，且享受有房的知足。好不容易住新房何苦纠结于没有车的恼。没车的人比比皆是，自行车绿色环保还能锻炼身体，不是一样很好吗？

我帮雨揭开绕成团的结，一根线头挑出来，另一根线头绕出去，一个个结在我们细声细语的交谈中，好似一条条地顺了。至于，结果如何，在于雨的心。心的眼睛如果闭上，再多的好，也会视而不见。

我的曾祖母，九十多了，耳聪目明。听得清，看得明，有时却装糊涂。

二儿媳搬是非，爱说老大媳妇的不是，曾祖母将手拢在耳后，一再地问："啊，你说什么？我老了，耳朵不灵光了，听不清哪！"

三儿媳娘家的日子艰难，偷偷将这边的粮食蔬菜一袋袋地送回去。她坐在堂屋里亮堂堂看得清，却故意说："儿媳呀，你慢点，手上拿着要洗的衣裳么？河边儿小心点。"

孙子、孙女在院子里看小猫打架，一不小心，摔了，磕了，哭得震天响，葫芦架摇摇晃晃要砸下来。曾祖母迈着小碎步，眼疾手快地拉出小孙女，干净利落让人不由怀疑她的耳聋眼花，只是平日的故意。

家有一老，如有一宝。曾祖母的心，明镜儿似的，不偏不倚，仿佛跷跷板中间的支点，对好多事睁一只眼闭一只眼，愣是让人多口杂的大家庭和和睦睦，相亲相爱。

母亲也是不精明的。别人送她三斤面，她必定要还人五斤糖。奶奶总说母亲糊涂，差不多就得了，何必次次吃亏。

母亲并不听，总说吃亏是福，糊涂一点，留有余地。

果然，母亲一生经营店铺辗转多地，每到一处，都会赢得左邻右舍的赞叹。那些年，父亲早逝，母亲依靠邻居朋友们的帮助，度过一次又一次的难关。每个人，提起母亲，赞不绝口。她吃过的"亏"，以更多的福报，帮助她撑起风雨飘摇的家。

认识一个爱花之人，"憨憨"是她QQ名。将近五十岁的人，如花儿一样美丽。远远的，闻到她的笑，爽朗、劲道，仿若晴天里的光，嘹亮之极，快乐之极。

问："哪来那么多快乐事？"她笑得天晴日暖，说："我是个糊涂人，想不明白的事，不想。不想看的人，不看。憨人有憨乐。"听了，莞尔，为她洞悉生活的秘密。

"憨憨"喜欢花，痴迷拍照，穿红着绿，镜头前大大方方地摆姿势，正面、侧身、仰望、回眸，没有她想不到的姿势，各种各样的Pose在镜头前一张张定格，远远望去，三十岁出头的样，俏俏的，鲜妍的，仿若盛开的花。

她说，活着就要快乐。不开心是一天，开心也是一天，何不开开心心过地好每一天。又说，该赏风景就赏风景，想拍照就拍照，有的玩，先玩。玩，是天大的事！话音未落下，一团笑声爽朗地送上天，眼睛弯弯，眉毛弯弯，红艳艳的唇，也是笑意弯弯，好一个快乐的人。

听闻，"憨憨"也曾遇到伤心事。有人悄悄告诉她，说："你瞧，那女孩，和你老公关系暧昧呢。"她听了，不气亦不恼，笑嘻嘻地说："是啊，早就有人说了，哈哈，随他去。那女孩那么年轻，她愿意看低自己，我也没啥好损失。"

因了"憨憨"的豁达，此事竟悄悄地过去了。或许，本就是一场流言。流言止于智者。是糊涂？还是大智若愚的豁达？答案在心中。

九十岁的外祖父，乐呵呵一个人。几十口人的大家庭，谁磕着碰着，他也不操心。他总说，儿孙自有儿孙福。他极喜欢打麻将，输了不着急，赢了也不激动。累了，贴着枕头睡觉，呼噜打得震天响；饿了，粗茶淡饭，吃啥都香。前几年，去医院体检，报告单一张又一张，查出的各项指标竟都非常好。

他的身子骨居然比年轻人还健康。

人问："老人家，长寿的秘诀是什么？"

外祖父傻傻地乐，用手搔一搔短短的发，笑着说："没啥，遇事糊涂一些……"

清代书画家、文学家郑板桥，有传世名言"难得糊涂"。想来，郑板桥隐居乡间，守着"一庭春雨瓢儿菜，满架秋风扁豆花"。四壁空空，周围寂寂，万事做糊涂观，无所谓失，无所谓得，心灵也就安静了。郑板桥的诗句，信手拈来，野性与灵性并存，让人爱不释手。文为心声，这与他的心态不无关系。

聪明难，糊涂难，由聪明转入糊涂，更难。真正的安宁，不是把聪明无限放大，而是难得糊涂。难得糊涂，处事智慧也。

真可谓：人都道聪明好，殊不知，难得糊涂方为真。

从容赴老

车来车往的人流,仿佛速进的影像。影像中的每一人都有自己的方向,他们清晰地向着目标飞速前行。只有我被打成了慢镜头下的聚焦,在十字路口发呆、迷惘。往左?往右?往前?往后?额头冒汗,手心冒汗。

想了许久,呆了许久,才记起,骑过头了,赶忙打转方向,往回走。

太阳很毒,长着牙齿会咬人;脑子很糊,涂了浓墨一般,混沌不清。好不容易回到家,急匆匆地开了门,又把钥匙忘在门外。邻居见,大惊:"怎么把钥匙插在房门外呢?这要是招来小偷可怎么得了?"

一时身心俱疲,不由得长叹:"记忆消退如此,果然是老了么?"

岁月催人老,不似年少时。

曾经几千字的教案,记得一字不差;曾经琐事缠身,只需几下功夫就漂亮完成。年轻时的干脆利落,如解九连环的高手,三下两下,环环相扣,再三下两下,环环相离。那样的气定神闲,有充沛的青春做底气。以为那样的"干脆利落"一直都会在,以为"老"是一件很远、很远的事，远到让我丢弃畏惧之心。却不知从何时起，年轻的"伶俐"被时光的磨盘一点点磨去，直至变小，直至模糊，直至消失。

枝繁叶密的青葱岁月，渐行渐远。

时光举着大旗兵临城下，我愣在忽然而至的光阴里，猝不及防，手忙脚乱。

该如何应对岁月的绞杀？

百岁老人杨绛，愈老愈有气质，面容沉静，温婉似水，一头白发，烁烁发亮。在她身上，我看到了清远深美、静水流深。读过她的文字，曾有感而发：有一种美能将岁月踩至脚底，增一岁，美一分。至百岁，美到无棱无角，如玉石通透圆润。

民国时期的张家四姐妹各个才貌双全、蕙质兰心，集聪慧、秀美、才识于一身。百岁之年，依然习贴、临书、唱昆曲。气质芳华，让人倾倒。

56岁的舞蹈家杨丽萍，一袭白裙，于春天的花园轻柔漫步，宛若天人。听闻，最近又出新作，哈尼梯田里起舞。金黄的稻谷，红色的长裙，流畅迂回，一场华丽绝美的舞蹈，惊艳了整个秋。

弘一法师临终前留下四个字——"悲欣交集"，人书俱老，空灵禅语，字字骨力。

有些人越老越美丽，如窖藏的老酒，年代越久，味道越甘醇。

原来，时光可以掠夺你身上的力气，模糊你眼神的明亮，风化你美丽的容颜，却拿不走你的心。即使老了，依然保持一颗明亮从容的心。眼睛花了，眼界不能窄；手脚不利索了，心情不能坏。恰如雪小禅所言："安静地来，安静地去。富贵吉祥，波澜不惊，风雨雷电，淡然一笑……"这样的老，干净似琉璃，通透如禅定，让人敬重！

时光，静好

当岁月举起明晃晃的镰刀一下一下地割断你的翠色青青时，你也应该依旧打起精神，努力生长出另一面的青青翠色。生活是一本斑斓的书，前几章桃红柳绿，后几页花落叶飞。即使读到一半，眼花手累，也都应该心怀感恩，且行且珍惜。不管历经春色，还是行走到秋，不管夕阳西下，还是秋霜染了春华，都要含笑对自己说："不负时光，不负生命！"

记得谁如是说："眼花了，可以戴老花镜；耳背了，还有助听器；走路不稳了，还有拐杖；你老了，不是还有我嘛。"忍不住在最后一句字眼上微笑又微笑。你老了，不是还有我嘛。平平淡淡一句话，让万千誓言黯然失色。上好的爱，从来不是海誓山盟，只在于岁月静好、不离不弃！

外祖父九十多岁，外祖母八十五岁上。那日，县城过马路。外祖父牵着外祖母的手慢慢地走，他用身子小心翼翼地挡着身边的车子，神情中溢满呵护和温柔。夕阳拉长他俩的身影，有着地老天荒的意味。我以为，这是我见过最老也是最美的剪影。总会想起叶芝的诗：

> 当你老了，头发白了，睡思昏沉
> 炉火旁打盹，请取下这部诗歌
> 慢慢读，回想你过去眼神的柔和
> 回想它们昔日浓重的阴影
> 多少人爱你青春欢畅的时辰
> 爱慕你的美丽，假意和真心
> 只有一个人爱你朝圣者的灵魂
> 爱你衰老了的脸上痛苦的皱纹
> ……

沉浸在这样的诗句里，遥想诗经的名句"执子之手，与子偕老"，冷暖两心知，悲喜两相忘。只觉时光安然，无争、无妄、无嗔。

多年以前，还在念师范。室友"丽"是位极其爱美之人，临别之际，定下盟约：即使到了四十岁，我们依然要把自己打扮得漂漂亮亮，活出"第二春"，不惧日月，无畏时光。

誓言萦耳，句句滚烫。

转身，在一家专卖棉麻的店里淘得一件"情人红"的裙。"情人红"，仿佛新鲜的血，寸寸鲜艳，分分耀眼。如同青春，如同朝阳，鲜衣怒马，光芒四射。每一丝纹路，都是温暖；每一处肌理，都有从容。

觉得自己力不从心的这一刻，需要一种跳跃的颜色来偎贴我的"老"，仿佛太阳，仿佛火焰，红艳艳的暖，抵达心扉，内心的潮流袅袅升腾。

情人红、棉麻、裙子。裙裾风中飞呀飞，一圈又一圈的红，神采飞扬。

当下的好

芳和老公吵架了。仅仅因为一句令人误解的话，公婆生气，老公恼。一气之下，芳将往日的"新仇旧恨"翻了个遍。末了，她心灰意冷，电话中与我哭诉："没法过了，日子没法过了。"

日子真的没法过了吗？

我摇头好气又好笑，不知不觉和芳聊起同事——王老师。

王老师在两周前查出卵巢癌，晚期，扩散。新近，刚刚做了手术。我与其他同事一起探望她。没有预想中的悲伤，没有预想中的颓丧，她笑盈盈地迎接我们。脸色如常，笑容如常，甚至说话的语调也与平时一模一样。

王老师说："做了化疗，头发掉得快，几乎掉光了，还好戴帽子也蛮漂亮！"

王老师又说："头发掉了，是坏事也是好事，掉落的里面，有很多是白发。重新长出来的头发，全部黑色，再也没白头发呢！"

化疗后的王老师，端坐着，微笑着，风轻云淡地说着。在常人看来无法承受的疾病，她竟坦然待之，愣是从苦痛的光阴中寻出当下的好。

临走，我望见她的桌角下，一盆发芽的郁金香。王老师对我笑了笑，说："生病在家，闲着也是闲着，偶尔种种花，挺好。郁金香发芽了，春天准开花，你说对吗？"

愣在这样的话语里，久久不能出声。笑容，在嘴角微微弥漫，泪花，在眼眶水雾蒙蒙。

当挫折、烦躁、苦痛像突兀的荆棘交错而生，是抱怨，放弃，自怨自艾？还是心平气和地从容，淡然，坦然待之？

生病的王老师给我们这群健康的人上了生动的一课。

见过一只小狗追着自己的尾巴玩。小狗追得快，尾巴也逃得快。无论它怎样努力，总也追不上。人，有时候就是那只追尾巴的小狗，傻傻地原地打转，越是追不上，越不甘心，越是不甘心，越纠结，甚而心灰意冷。如果懂得停一停，懂得换个角度，是不是就会不同？

小时候读书，耳熟能详的一篇课文——《塞翁失马》，让人感慨复感慨。谁也不能预算明天会发生什么。福兮祸相依，祸兮福所倚，祸兮？福兮？陆游的《游山西村》告诉我们：山重水复疑无路，柳暗花明又一村！

即使身处绝境，依然不忘心怀希望。

抬头望窗外，窗外雨在飘。

迟迟不来的雪，让"万里雪飘，千里冰封"的盛景成了互联网的笑话。杭州的人，失望、焦急，甚至怨恨老天爷的不公平。西湖断桥边，拿着相机等待的发烧友，恨得直跺脚。

却不晓得，暴雪没来，多么好。流浪的猫，流浪的狗，流浪的人不需要为突发而至的严寒东躲西藏甚至丢失性命。水工、电工不需要齐齐待命，为突发的情况，冒雪抢修。不会停水，不会停电，不会停煤气。

日子还是当下的日子，有空调，有粮食，有书籍。这就够了。相比暴雪可能带来的灾害，一切如常便是当下的好！

我对芳说，大雪没有来。小雨也很不错。虽然有争吵，日子还是很美好。有健康，有平安，有亲爱的家人。还要怎样的好？

去了医院。熙熙攘攘的病人接踵摩肩，长长的队伍密密麻麻。排完一个又一个的长队，终于闯进一个诊室，迎面就听到一个手拿报告单的医生对着病人家属说："嗯，恶性肿瘤，需入院治疗……"

听听都会心发冷，当事的人又该如何承受？

这就是生活。真实且残酷。我对芳说，当你觉得日子没法过的时候，去医院看一看吧。有多少人，羡慕你拥有的东西？你今天的安好，又是多少人为之努力追求的？

明天与病痛哪一个先来？不知，不知。人在相似的光阴中行走，厌倦乏味、不以为然，心安理得地以为明天之后还是明天，明天的明天依然是明天。忽然，有一天，生生截止，说没就没了。才发现，所谓的名利钱财、苦痛伤心，只是浮云。

朋友的父亲遭遇突发脑溢血，死亡。她在QQ里写下签名：子欲养，亲不待。

她絮絮叨叨地说，父亲厨艺好，常准备丰盛的菜，等她吃。而她呢？照例吃得漫不经心。又说，父亲一直想去普陀山拜佛，她一直用工作忙的借口推脱着。总想着，哪天空闲了，带父亲走一走。没想到，还没等到那一天，父亲永远地去了。

有那么多与父亲在一起的时光，却从不知道珍惜。谁又会想到，明天也会戛然而止，没有预兆，没有商量，像不容抗拒的祈使句，挂着触目惊心的感叹号。

我又问："芳，还记得多年以前参加过的婚礼吗？"

那晚上的洞房闹得很欢腾。有个节目叫"心有灵犀"，主持人让新郎与新娘同时在纸张上写下双方认为最重要的东西。最重要？什么最重要？最重要的东西委实太多了，房子、车子、票子、名利……每个人都朝着寻常人的追求去猜想。揭晓答案的时候，大跌眼镜。新郎与新娘居然同时在纸张上认真且隆重地写下：平安、健康！

别的人不同意，叫嚷着："这算什么答案。这要求也太低了吧。平安与健康谁都有呀！不算，不算，答错了。"

唯独主持节目的人一声不吭，轻轻走过去，深深拥住那对新人，恳切地祝福："这是我参加婚礼以来，听到最动人的答案！祝福二位，永远健康，一生平安！"

现场忽然静下来。每一个人，若有所思。

电话那一头的芳也安静了下来，她也若有所思。

过了一会儿。芳忽然支支吾吾了，她问："怎么办，我一生气就叫公婆回老家了。现在补救还来得及吗？"

我微微地笑，说："当然来得及。赶紧认个错。一家人，哪里还能斗气呢？"

而我，正从医院的机子里打出前天的检查报告单。

"一切正常，不用担心。少吃海鲜与紫菜！"白大褂医生表情温和，他的话语仿佛阳光，心上舞。

摸了摸左侧的脖子，一个很小的结节，无痛无痒，也无害。如此，终是安心。从医院出来，天上雪花飘，伸手迎接，一朵，一朵，晶莹色。这些，都是好。当下的好！

得失只在转角处

一

旅途从来不在结果,而在于经历。

青岛,去浴场的公交车上。静与一位当地人攀谈,热情的青岛人建议我们提早几个站下车。沿海散步,风景很好,当地人如是说。四个妈妈拉着四个孩子,急急忙忙下了车。一问,愣住,浴场还很远,走路根本不可行。太阳很大,孩子们个个直嚷热。

悔得肠子青,早知如此,绝不提早下车。

公交车绝尘而去,浴场遥望不到头。大路上的我们有一种前不着村后不着店的尴尬感。

不知是谁先发现的,忽然大喊,自行车,自行车。转头一看,右手边的角落里,有双人自行车排排放。男孩们一个个"活"过来,猴子一般,跳上车子,跃跃欲试。

原来,这些自行车是用来出租的。

"沿着海边一路骑行，风景很好呢。"车主诚恳地介绍。

那么，好吧。骑车，上路。轮子呼啦啦转，脚底生风，背后长翅，凉意淙淙。孩子开心，大人舒畅。一路美景，尽收眼底。

因为提早下车，收获了最美骑行。意料之外的骑行，成为青岛之行最难忘的记忆。

原来，上帝为你关了一扇门，又为你打开一扇窗。当你懊悔的时候，惊喜藏在转角处。得到？失去？交错的双曲线，此消彼长，此起彼伏，如果这一刻看不到希望，请相信，下一刻的转角，柳暗花明。

二

还是在青岛，酒店预订没有成功，我们很是懊悔，又很快因为只能提早一天来威海而庆幸。只有见识了青岛的天气热、道路堵、海滩脏、景区人太多、摊点店主宰客狠，才能深深、深深地体会威海的干净、安静、美丽与优雅。

塞翁失马焉知非福，得失只在转角处。

如果说青岛因为名声卓著而成闹市，那么与其相邻不远的威海因为安静而颇具世外之姿。入住威海环海路假日酒店，推窗见海，海是蓝色的帘，铺排在窗外。波涛漾漾，海风阵阵，不由感慨：有一种幸福叫清凉满怀。

多年以前，暑假游北京，酷热之下，撑伞无法站立。从此，发誓，暑期出游，直往凉爽之地。问过很多人，都说青岛还算凉爽，当我从杭州风尘仆仆赶到之时，只能用一句话来形容：从一个"火炉"跳到另一个"火炉"。可见,两天的青岛之行,对我这个怕热之人有多煎熬。

而威海,用24℃的清凉拥抱我。走出酒店,漫步沙滩,只需20分钟。一路上,道路干净,行人稀少,眼宽心阔,舒适非常。更何况有木槿花、紫薇花、凌霄花时不时跳入眼帘,还有青松棵棵,绵延而去,令人心旷神怡。

沙滩不大,但很干净。坐着,听海,或掬一把细沙,纷纷扬扬,抑或什么也不做,静静地发一会呆,不管哪一种,心都很宁静,如同脚下沙的质地,细腻、温和、柔软。

天色晚,往回走,到处可见海鲜的店。随便挑一处,价格都公道,菜的味道也不错,友人——静不由感慨而发:终于吃了一顿舒心饭。

听罢,不由莞尔。却忆起青岛之行的种种不如意,倒也觉得贴切。在青岛,从海底世界的门票到石老人浴场的海边排档,处处充满欺骗与讹诈。人与人之间的诚信被踩至脚底。而,当我们终于吃上一顿价格公道味道鲜美的大餐时,不由感慨:所谓幸福,就是你相信我,我相信你。

吃饱喝足,威海的第一天也就过去了。路灯下,一个广告牌跃入眼帘,"创办食品安全城市""积善之家,必有余庆"。在这样的字眼前停留了又停留。想,或许这就是这座城市的灵魂语言吧。

一座城,因为良善,真正干净。

三

"妈妈,妈妈,飞机为什么要延误,我们等了好长的时间。"威海机场，灿灿向我抱怨。

"灿灿，飞机延误肯定有它的道理，因为天气，因为管制，因为一些意外的因素。延误，是为了保证我们在最安全的一刻起飞。"我对着灿灿如是说。

"不管遇到什么，我们都要拥有好心态，记住，塞翁失马焉知非福。"我又补充。

"这个成语我懂得的。妈妈，因为飞机延误，我又可以和小伙伴们多玩几个小时，这就是我得到的好处。"灿灿释然，蹦蹦跳跳，找小伙伴们玩去了。

小小机场，几个孩子们玩得不亦乐乎。

望着他们聚在一起谈笑自如的背影，我也笑了。

得失只在转角处。谁说飞机延误一定是糟糕的事情呢。

前不久，一艘游轮沉没。那么多鲜活的生命就此沉没。事后，有人说，是因为船上的旅客明知有台风依然闹着要按时出发……

除却生死，都是小事。为何一定要得到惨痛的教训才会参悟？

多等了几个小时，是小小的失去，安全地飞回杭州，是大大的得到。至此，心平气和，闭上眼睛，听音乐，想着：下次，一定要记得带一本书，候机之时可以看好多文字呢，那样，就是更多的得到呢……

面朝大海，春暖花开

宁波，象山，一个未开发的海岛。

出发的时候，大雨滂沱，到达的时候，阳光微微。岛上人家，果树成坡。橘子青，枇杷黄，西瓜甜。果香四溢，清新纷纷。

一路向海，橘树成林成坡。友人说，5月时节，整个岛屿橘花盛开，十里雪白，百里飘香。我陶醉在她的描述里，用微笑去描摹橘花绽放的空前盛大，途经6月的葱郁，却闻到5月的花香起伏跌宕。又想着，若到了9月，橘树擎果，红的红，黄的黄，满坡满田，金色漫流，那样的情景，何等灿烂奢华。

依山傍海，有人家。房前栽花，屋上还栽花。也只是寻常的花，种在粗瓷大碗中，种在旧旧的脸盆上，种在小小的瓦罐里。一律的粗糙，一律的随意，却被那红红白白的花映衬得粉粉如画。忍不住地猜，这家的主人有一颗怎样的玲珑剔透心？

也就见到了海。宽宽的沙滩，层层的海浪，还有一棵倔强的仙人掌开着花。空旷，干净，未经打磨的天然，仿佛世外桃源。

静坐，遥望。遥远的遥远，茫茫的茫茫，是海的另一边。问海，海天相接之处，可有蝴蝶飞不过沧海，可有飞鸟找不到深海的鱼，可有世上最遥远的距离？海，不动声色，以浩瀚，以宽广，以磅礴来表达。却原来世间所有的欢乐、幸福、痛苦、哀伤，终将归于平和，平和是最真的圆满，最大的福祉。

海纳百川，上善若水。海的博大，水的不争，让你深思，让你俯首，你看到内心的纷扰归于海的宁静。如那朵扑腾的浪花，沸腾、汹涌，须臾间，消失、匍匐、归纳。一如此刻，我的微笑，饱蘸大海的平和，如月光晶莹。

起身，漫步。有风从远处传来。远处的远，有浪层层逼近。风吹着口哨，拂过天空，拂过海面，拂过沙滩上的我。我看到裙摆化作纷飞的花，扑上腰线，朵朵曼舞。

遂想起，那年那月，见过的那个女孩。女孩爱穿白色的裙，爱穿白色的鞋，笑容微微，站在白花朵一般的阳光下，如同踏浪而来的白衣仙女。也见过女孩的笔记本，封面是海，湛蓝的底，金色的沙，浪花一朵又一朵。她在扉页深情地写道："你看不见我眼中的泪，因为我在水中。我能感觉得到你的泪，因为你在我心中。"那时的她在恋爱吗？鱼和水的经典名言，配上女孩清秀无比的字迹，让人赏心悦目，还有微微的疼。

彼时，她已经是县城实验小学的名师，而我，只是乡镇一个名不见经传的农村教师。犹记那样的向往，潮水一样激荡，想着：若有一天能成为女孩那样的人，该是多么幸福。

海还是海，风还是风，浪依然是浪。昨天与今天在悄悄置换。昨天，你踮起脚尖想要触摸别人的美好；今天，也有人伸出双手想要拥抱你的美好。低头，浅笑。沙滩上留下的随心之画，倏尔之间，融入大海,不见任何痕迹。有什么是永恒的呢?潮水用来来往往的洗涤,一遍又一遍告诉我们:当你快乐的时候,这快乐不是永恒的;当你痛苦的时候,这痛苦也不是永恒的。时光如海,它举着一块巨大的橡皮擦,把昨天,前天,大前天擦得模模糊糊,侵吞得干干净净……

俯身,捧起细沙一把,沙子纷纷扬扬从指尖随风飘洒,倏地不见。有什么不能放下呢?在海的面前,人世如尘,所有的得意与失意,终如白云苍狗,过眼云烟。

那么,来吧。以良善,以宽容,以通透,迎接海,奔向着海,拥抱海。浪花簇簇,海涛阵阵,不远处,有诗歌深情抵达:

> 从明天起,做一个幸福的人
> 喂马、劈柴,周游世界
> 从明天起,关心粮食和蔬菜
> 我有一所房子,面朝大海,春暖花开
> ……

恰 恰 好

不知在哪本书上看过一句话：凡是爱，七分就够，留三分爱自己。

留有的这三分便是"恰恰好"。

种过小白菜，苗儿特多，挨挨挤挤、密不透风，却舍不得拔掉一些，以为每一棵都是爱，结果因为营养不够，萎了。养过小金鱼，不停地喂食，以为是爱，结果因为太饱了，撑死了。还养过芦荟，总当心长不好，天天儿浇水，根，竟烂了。

见过西湖边修剪紫薇树的工人，问："为何把好好的枝条剪去？"人回答："太满，长不好，留有余地，枝干才繁盛。"

见过田间劳作的爷爷，好好的桑树，去其枝条，问："为何把树砍成这样？"爷爷笑了笑，答："这叫休养生息，'砍掉'是为了'得到'，第二年的桑才会绿汪汪……"

留有余地，七分最好，休养生息……短短几字，压着石头，开着花。

"余地"，是距离，是空气，是水分，阳光，是"恰恰好"的完满。而爱，多像开满鲜花的沼泽，一旦踏进，多少人便会不由自主地深陷再深陷。

见过一个母亲，爱孩子到了倾其所有的地步。爱之庞大如同藩篱，孩子被母亲以爱之名，画地为牢。孩子是心肝，孩子是宝贝，捧在手心怕摔了，含在嘴里怕化了。爱是密不透风的墙，在这样的高墙之下，孩子与她，终年不见"阳光"。开口闭口谈孩子，想着念着是孩子，心里眼里是孩子。而她自己呢？衣裳潦草，身体发胖，眼神呆滞。孩子呢，温室里的花朵，说不得，骂不得，娇纵、自我、脆弱。可恨又可气。爱啊爱，当爱成一个母亲无原则的呵护之汪洋时，有多少孩子因为学不会"游泳"而溺毙其中。

见过一个女人，爱男人到了痴狂的地步。爱是旷野的森林，每一棵挺拔的树都是女人此情可问天的心。男人是天，男人是地，女人膜拜男人，如同图腾，如同信仰。她患得患失，疑神疑鬼，总担心自家的男人被哪个"狐狸精"勾搭了去。上街，男人瞟了美丽女子一眼，回家定是要闹的。下班，男人稍微迟点到家，便会心神不宁，盘根问底。男人出差，电话跟踪是肯定的，若是差了几分几秒接电话，心里就要不舒畅。这还不够的，她把"爱"紧紧地搂在怀里，贴心贴肺地保管，她把男人分分秒秒盯梢，尽心尽力地看守。翻手机、查电话、查住过的旅店……女人以为这样便能长长久久，她却不懂，爱是沙，攥得越紧，漏得越快。终有一天，男人烦不胜烦，要离开。而女人，竟不明白，哭着喊着：我那么爱你啊，那么爱你啊……

可怜，可悲，可恨的爱啊。满了，满了。月满则盈，水满则溢。多少聪明的人啊，在爱面前，勘不破。弓拉得太紧，势必弦断。

古人形容美人：增之一分则太长，减之一分则太短；著粉则太白，施朱则太赤……想来，这便是恰恰好。恰恰好，多好的一个词，合

恰 恰 好

宜、妥帖、从容。收放自如，懂得分寸，是人生大道理。

与友人游览威海，海边的烤鱿鱼香喷喷。不知味道如何，四个大人，四个小孩只要了四串烤鱿鱼。一个妈妈一个娃娃分着吃一串鱿鱼，吃出山珍海味的美，饶舌一圈，意犹未尽。品完，大家一致认为这是本次旅游吃过最美味的海鲜。我在一旁笑，美味之所以值得回味是因为留有余地，七分饱，恰恰好。

曾听过这样的事例。一位兢兢业业的好老师，热爱工作到了忘我的境界。生病不去医院，最终晕倒在讲台。人都赞扬老师的红烛精神。我听了，总不是滋味。一个老师，不懂得照顾自己，不懂得休息，过度透支身体，对学生真的有益处？总以为，老师的职责不仅在于传道授业解惑，而且在于传达正确的生活观。渴了要喝水，饿了要吃饭，累了就休息，病了就看病，谁都懂的常理。磨刀不误砍柴工，上好的身体才能造就上好的课堂。硬撑？精神或许可嘉，细思量，却不敢苟同。

我身边也有许多好老师，从不学这样的红烛精神。工作的时候认认真真，下班的时候开开心心。除了教书，他们还有许多自己的爱好，旅游、阅读、听歌、写字……在他们身上，我看到一个老师作为一个普通人的快乐。他们热爱工作也热爱生活，热爱学生也热爱家人。生活工作两不误。如此这般，我以为也是恰恰好。

出去旅游，丫头自己拿行李，自己收拾物品。人问，这么小，为什么不帮她？我说，这是她自己的事。一行人，四个孩子，四个妈，一路之上，我的丫头最乖巧。不任性、不撒娇、不蛮横，把自己妥妥照顾好，不忘关心我这个没用的妈。忙前忙后，俨然一位小大人。每每这时候，我总会幸福地笑。我以为，对孩子的教育，爱在七分是表里，留下三分藏心里，是为恰恰好。

读过琴儿姐姐一篇好文章，大意是姐夫出差外出，姐姐不闻亦不问。该做什么，照样有条不紊地做什么，养花、种草、读书、写字、听音乐。最后是姐夫急了，提早回了家。他说，我是风筝，你是线，你也要常常"提溜提溜"这根线才让人心里踏实。读到这，"扑哧"一声笑。好女人，不愁没人爱。爱他人，不忘爱自己。我若盛开，清风自来。只有把自己活得青葱饱满才能让别人心甘情愿不离不弃。再爱，也要留有余地。余地是爱的自留地，因为空间，因为距离，因为一点点神秘，爱之苗，根深蒂固，不可摇。

年少，喜欢跳舞。有一种拉丁舞叫"恰恰"。老师教的时候叫节拍：踏，踏，恰恰恰……手、胯、脚，协调配合，一进一出，一收一回，舞步花哨利落，甚是美丽。

人生，何尝不是一支美丽的恰恰舞？进退合宜，收放自如，分毫不差，恰恰好。

且行且珍惜

　　一根拇指粗的管子，从我的口腔，经由我的食道，到达我的胃。我想到蛇，那种丑陋扭曲的动物。管子在喉管深处上下滑动，一上一下，一如蛇在狰狞吐舌。难受，真的很难受。一波又一波的干呕从喉咙深处涌出，仿佛这样，便能把管子从喉咙深处吐出来。却是不行的，不仅不行，而且得深呼吸，张大口腔，让管子行进到胃的深处，再深处，搅动，再搅动。

　　有什么在食道翻江倒海，有什么在胸腔横冲直撞。所谓的酷刑，不过如此吧？此刻，本该容纳食物的胃，却有管子一伸一缩地窥探。窥探？比窥探本身更可怕的是结果。会看到什么？会发现什么？从我胃部取出的那一点体液，又会有怎样的病理分析？

　　我是惧怕的，对医院，对检查，对病痛都深深地害怕。这个地方宣判了一个又一个的亲人。内心的伤，在岁月的土壤上长满荒凉的草。草儿萋萋，掩盖过往。却不知，埋在地底的疼，时不时地拱出尖尖的芽，只需轻轻一用力，就有四分五裂的痕。

　　眼泪一颗又一颗地冒出来。我想说，我真的不是在哭，眼泪长了脚，顺着眼眶一步一步地爬出来。那泪，沿着脸颊，蜿蜒而下，又流到插着管子的口腔里。我尝到咸涩的味。这味，让我想起昨晚的梦。梦中，爷爷饿得瘦骨嶙峋，深陷的眼眶里，浑浊的眼。他说："好饿啊！"可是，吃不下了。爷爷的胃里长了东西。他从胃镜检查室里出来的那一刻，医生把炸弹一样的消息轻轻砸向我们。

管子还在食道一上一下地滑动。每一次的抽出与爬进刀剐一般。眼泪又跑出来了。浸湿身下雪白的棉布。我刻意地保持清醒，想要清晰地铭记这一刻的难受。其实，苦痛并不可怕。甚至，死亡，也不可怕。于我来说，害怕只是——如果我不在了，灿灿，怎么办？临去医院，灿灿对我说："妈妈，不怕！"细细密密的吻覆盖我的脸。管子又一次行进到我的食道深处。

灵魂飘走了。灿灿，太阳出来，天，亮了吗？

"唰"的一声，管子终于从口腔彻底地抽出来。其实只是几分钟，却仿佛几个世纪。身体的不适随着管子的抽离而消失，长长地舒了一口气，不禁想到一句话：快乐的时候你要想，这快乐不会永远；痛苦的时候你也要想，这痛苦亦不会永远。比如，此刻，我几乎忘记了刚才的难过。很多时候，心理的恐惧比疼痛本身更让人无法应对。

"再大的难受，忍一忍，也就过去了。"医生对我轻轻笑。

我在这样的话语前微笑又微笑。有什么是过不去的？只要战胜了心理的恐惧，用坚强为垒，以勇敢为壁，苦痛掷过来的球，会以更有力的速度抛回去。历经风雨，方能见彩虹。而时间是最好的橡皮，把你曾经的苦痛擦得光亮可鉴。

"没有多大问题，只是有点胃炎。"医生麻利地打印一张又一张的图片，丢过来一句话。

轻轻的一句话，宣判"绞刑架"下的我，无罪！仿佛子弹上膛，枪口对准，却有人告诉你，不用行刑了。那一刻的放松，是镣铐的解下，是囚禁的挣脱。一句话，十次新生。眼前穿白大褂的医生，仿若世上最美的天使。

那么，还有什么好忧愁的呢？除却生死，都是小事。还会因为孩子不够出色而气恼吗？不，不会了。还会因为丢失升职的机会而着急吗？不，不会了。还会因为住在狭小的陋室而叹气吗？不，不会。永远不会了。

有平安，有健康，有亲爱的家人，还要怎样的好？

活好当下，且行且珍惜。

幸福，就是傻瓜遇上笨蛋

小雅嫁给温文的时候，大家笑她傻。温文有什么呀？不高，不帅，瘦成一条竹竿，风吹就倒。何况，他不会甜言蜜语，不懂八面玲珑，更要命的是，穷，连套像样的房子都没有。

傻，真傻。小雅的朋友唉声叹气，很为她不值。

怎能不傻？在大家削尖了脑袋想找"高富帅"的时代，小雅愣是给自己找了个"矮穷挫"，且开开心心地嫁了。

按小雅的话来说，温文很好，有一颗水晶一样的心。心？几斤几两？值几个钱？小雅的朋友们眼皮都不抬，"喊"的一声，笑得弯弯绕绕。

小雅并不动摇，想，傻就傻吧，傻人有傻福呢。

婚礼很简单，誓言很平常。温文对小雅许下心愿：不求富贵，不求名利。只求倾其所有，对你好。

一句"对你好！"让小雅的眼睛水雾蒙蒙，怦怦跳的心，忽然安静。她握住温文的手，仿佛握住天长地久。外面，白日头长长，微小的尘，在阳光下快乐地飞舞。一些望得见的好，在玻璃窗上，闪闪烁烁。

婚后的日子，凡尘中的俗世，柴米油盐，买菜烧饭，温文样样拿手。他一头扎进厨房，油烟四溅地忙碌。偶尔，小雅也想帮忙，跳进厨房说要洗菜，温文一把将她推出去，说，这里油烟大，小心熏着你。小雅便心安理得地享受温文为她准备的佳肴。

所谓佳肴，不过是一叠青菜、一盘豆腐、几片猪肉。小雅对吃并不讲究，只要温文烧的，就是好吃的，常一脸幸福地赞叹："真美味！"温文笑得开心，顺了顺小雅额前的发，说："傻瓜，这算什么，等我有了钱，带你吃大餐。"小雅笑，说，不爱大餐，就爱温文烧的青菜豆腐！

一顿寻常的家常饭，小雅和温文吃得甜甜蜜蜜。

温文没钱，贷款一部分，也只买了六十平方米的老房子。别人家的房，高楼大厦，明亮宽敞，豪华又气派。小雅呢，窝在六十平方米的老房子里，转个身都困难。温文内疚，说："委屈你了，小雅。"

小雅偏不觉得委屈，扬起脸蛋，朗朗地笑，说："只要在一起，哪里都是天堂！"

每每这时，温文就会沉默，温柔地搂住小雅，用脸颊摩挲她的脑袋。世界安静，时光纷纷，两颗怦怦跃动的心，仿佛鼓点，仿佛天籁。

日子去了。一天天走，一月月流，一年年过。烟火寻常，小雅过得风吹云动，安心知足。温文忙忙碌碌，一如既往对她好。小雅珠圆玉润，白里透红的脸蛋，更胜从前。即使有了孩子，小雅依然如少女一般，不谙世事，不懂人情，天真烂漫宛若十八岁。

温文的亲戚们看不下去了，直骂温文是笨蛋，娶了媳妇，啥事自己干。这不是要把媳妇儿宠上天了吗？

亲戚们说得有理，小雅十指不沾阳春水，家里的事，一问三不知。

她每天打扮得漂漂亮亮,像一只花蝴蝶,傻傻地快乐。

小雅赖床,冬天的早晨不愿出被窝,温文烧好早餐送到卧室,不厌其烦;小雅爱吃水果,下雪天的夜晚想吃梨,温文二话不说雪中找梨;小雅心疼娘家的妈,温文把好吃好用的买来孝敬丈母娘……

去旅游,温文帮小雅策划好路线,预定好旅馆;去医院,温文帮小雅早早地挂了号,预约最好的医生;去单位,温文天天地用车子开过去,接回来……

多年的依赖成习惯,以至于,大事小事,小雅通通喊,温文,温文!温文是小雅的超人,总是第一时间里,帮小雅将所有的事情妥妥办好。温文在,世界在。小雅活在温文的保护伞下,成了一个快乐的傻瓜。她不会烧菜,不会开车,不会订火车票,不会交水费、电费……甚至,坐公交车,温文都要预先将路线查好。

生活是蜜罐,没有豪宅豪车,没有名利钱财,只有一颗最美最好的心。那颗心,全心全意想着小雅,一门心思爱着小雅。小雅觉得幸福。她不羡慕,不比较,活在快乐中。

温文呢?穿旧衣,吃剩食,节俭之极,勤劳之极。笨,果然笨。心甘情愿地笨,一往无前地笨,几十年如一日地笨。他总笨笨地说,除了一颗心,别无所有,愿意为了小雅,笨到天长地久……

那年,温文考上公务员,到了新单位。温文不会察言观色,不懂八面玲珑,只知道埋头苦干。单位里的重活、苦活都让他干了。他也无怨无悔。

偏偏,温文的领导,喜欢这样的笨人。领导觉得温文做事稳重,不声不响,却将事情干得漂漂亮亮。居然提干了,笨笨的温文年年先进,且还有一个小小的职务。

职务虽小，也有小小的权。

温文还是笨，踏踏实实地工作，不阿谀奉承，不收受礼物。人在背后指指点点，说新来的领导真怪，不懂审时度势，不贪图便宜。这年头还有这样笨的人，稀奇，真稀奇。

温文只当没听到，觉得笨一点，挺好。活得坦荡荡，敞亮亮，才能有长长久久的好日子。

小雅也觉得温文笨得可爱，她总说："有职务，可不能学坏了。咱啥都不要。干干净净的工资，够花了。白米饭，青菜豆腐，日子清澈见底，好得很呐。"

十年，眨眼而去。

小雅和温文结婚十周年。曾经笑小雅是傻瓜的人都羡慕小雅，说："小雅你找了个世上最好的男人。"

当初，说温文是笨蛋的亲戚也宽容地夸小雅，虽然家务干得不多，心地却善良，且对温文好着呢！

幸福，就是傻瓜遇上笨蛋。

温文和小雅，在往后的日子里，继续着傻瓜和笨蛋的童话，他们的婚姻将会迎来二十周年，三十周年，四十周年……

一根鱼刺的臆想

生活是一位含笑不语的智者。它赐予你苦,赐予你疼,赐予你悲,赐予你伤。你无妄、无嗔、无惧、无恼。从容转身,细细品悟。你会看到甜,看到乐,看到美,看到无尽的好。左眼流泪,右眼微笑。心若向阳,何惧忧伤?

——题记

一根鱼刺埋在我的舌根,已经四小时零两分。

在我不知道的情况下,忽然戳进去。当时不觉得疼,就比如刀入肌肤的那一刻,血流出后才觉察着痛。那刺,如隐藏的针,匍匐不动,又像粗糙的谷壳粘在舌头,牢牢吸附。想来这刺,本在鱼的身体之中,作为脊椎微小部分支撑这鱼所有的生命。后来,随着鱼被打捞,被宰杀,被油炸,被咀嚼,被吞咽,现在,它觅得舌根柔软一处,毫不留情地扎进去,再也不想出来。想来,对人类,它是怨恨的。终是找到一个机会,表达自己的不满。

对这根刺的停留,我有些微紧张,些微害怕,些微不甘,些微生气。作为一个拥有智慧的人,我觉得自己定能胜过一根没有任何智商的刺。倾其办法,呕它,咳它,反复吞咽它。刺如老僧入定,不为所动。喝一大口酸醋软化它,眉毛眼睛都皱到鼻子上,刺,依然还是刺。对着镜子反复看,隐隐约约一点白,想伸手去取,够不着的位置。不动的时候,感觉不到疼,一动,有痛感忽然传来。这痛缥缈得很,看不到,摸不着,隐隐约约,闪闪烁烁。一如潜伏黑夜的蚊子,你以为它在左边,一巴掌拍下去,它却在右边鸣唱。人啊人,偏不甘心,那一点点的骚扰,越是不清不楚,越想弄个明明白白。我对着明晃晃的大镜子,张大嘴,吐出舌头,用手去挠,用钳子去夹,用牙刷去刷。仿若不把这根刺剔除了去,这个下午便没法活了。可刺偏偏不听话,越是惦记,越是让你够不着,越是疼得让你摸不着头脑。我手忙脚乱,黔驴技穷。一根鱼刺,仿若胜券在握的智者,看着自以为聪明的人,在死胡同里钻着牛角尖。它,莫测高深,淡然一笑。

我听到鱼刺吃吃的笑声,聪明地闭上了嘴巴。我想我是累了,躺在床上,闭上眼睛。脑子里的思绪如春天的柳絮,万千飞扬。

如何一根刺到了我的舌根?是因为我想吃那鱼?是因为我贪快?是因为我大意?是因为美食当前,掉以轻心?没有因,哪来果?

一根鱼刺,喝令我,惩罚我,警醒我。

自己种下的因,自己品尝的果。

何来怨?何来恨?何来急?何来怒?

当我只是戳进一根鱼刺的时候,滚滚红尘,多少人消失于意外,多少人告知于绝症,多少人坠入生不如死的境地。

大千世界,芸芸众生,大喜大悲,大彻大悟,大起大落,每天都在上演。而,一根鱼刺,实在,微小如尘。

我不再想舌根的刺，乖乖地闭上嘴巴。发现，在我闭嘴的那一刻，鱼刺也收敛了所有的尖锐。口腔寂静，舌根如常，刚才的一切，仿若无。经过身嘶力竭的挣扎之后，我终是明白，有一种疼，我安静它也安静，我忘记它也忘记，我当它不存在，它就真的不存在。我越是挫它，踢它，咬它，恨不得一把扯下它，它越是强大，还之以咬，赐之以踢，回之以挫，也恨不得一口吞了你。我越是远它，离它，无视它，它越是轻，越是薄，越是无形又无色。

这多像镜子里的像，水中的影。却原来，所谓的结，皆缘由你的心。你笑，它也笑；你哭，它也哭；你恨，它也恨；你放下，它也放下。

生活是一道道鲜美的鱼，喷喷的香、鲜鲜的味，垂涎欲滴的诱惑之下，有细刺万千。谁是谁的刺？谁又刺痛了谁？当你挨了那一根刺之时，不妨，心平气和地想一想，为何独独刺到你？的的确确是真的有刺吗？是要把那刺当成箭矢还之以恨？还是细细端详那刺，然后遗忘它，忽视它，放下它。

有人拿着那根刺，穿针引线，绣成鲜美的花。想来，曹公若不是家道中落，哪来红楼巨著？想来，蒲松龄若不是屡屡落榜，哪来的《聊斋志异》？想来，史铁生若不是因为双腿瘫痪，哪来的《我与地坛》？

我的思绪还在飞。一如秋天的风，落叶翩翩舞。而我，不知不觉忘了那根刺，忘了口腔的疼。等到终于想起，一吞咽，却发现，鱼刺没有了。不相信，再吞咽，真的没了。

不禁哑然失笑，在我因为想象刺的巨大而惶惶然的时候，却从未猜想过，那刺儿根本不算一根真正的刺，它只是因咀嚼而遗漏的小小刺头，微乎其微，微乎其微。

此刻，它已经无踪迹了。

一切如常。真好，真真好。仿若谁说的，最美的好，便恰似从前。从前的人，从前的事，从前的口腔没有刺。

远远地看，淡淡地笑

雨夜。西湖。

滴滴答答，柳枝的梢头坠下雨珠，"怦怦"敲打伞顶，细密的雨丝渗入伞下，轻薄的水雾，蒙蒙湿润。景点低处的灯吐着橘黄的雾气，晕着黄黄的暖。一盏，两盏，无数盏，如夜晚蛊惑的眼，似地面吐出的花，一溜儿一溜儿的明亮。

沿着弯弯的路，继续前行。树枝斜着身子，拦住。推开的瞬间满枝满丫的花骨朵触到手心，软软的，柔柔的，似一个个酣睡正甜的梦。心里一动，仿若望见明媚的4月。花开荼蘼，落英缤纷。

如戏台上迈着小碎步的旦角，无声无息，静悄悄间，西湖的水，浸入了眼。寂寥宽阔的湖面，仰着宽大的嘴，接住喷洒而下的万千雨丝。一时，水面雀跃不止，蹦跶欢快的水花。迎着湖对面闪闪烁烁的灯光，竟演绎出迷离的热闹。

"看，音乐喷泉！"女伴一声惊叫。把我的目光拽到远处的湖面上。

远远地看。

舒缓的音乐缥缈地传来。一排排的水柱此起彼伏犹如舞台上娉婷的白衣女子。她们排着整齐的队形，穿插而过，甩出长长的袖子，缓缓坠落。水非水，泉非泉。它们成了有灵性的人，是一群律动中起舞的白衣女子。

水柱变化形状，从左依次迭起，又从右交叉而落。忽而涌起弧度，忽而窜出气势。变化，撞着音乐的拍，演绎，水与光的奇。这水，这曲，如此相得益彰，如此恰当妥帖，是谁在无声地指挥？想到如鱼得水；想到你中有我，我中有你；想到心有灵犀；还想到灵魂与灵魂的契合。

周围的一切都隐去，唯有泉与曲的水乳交融。

音乐喷泉，去年暑假看过一次，早早地在最近的地点占了最前的位置。当时看得眼花缭乱，水柱横飞直起，水花凌乱热闹。心里暗暗失望：怎么音乐和喷泉都是自管自呢？牵强附会，貌合神离。

今夜，远远地看，却看到不同的风景。

不禁，了悟。

近了，看到部分，看到缺陷。远了，欣赏全景，欣赏风景。

不知怎的，想到了爱情。文友琴儿曾描述：初初的爱，是成群成群的阳光落下来了，像小雨，或是雪，软软地抱了你。初初的爱，是你与我，面对面站着，不说话，却有千军万马，浩浩荡荡地杀将过来。初初的爱，便是远远地看。

远远地看，多么美好！你的笑容撞进我的眼，我的蹙眉惹疼你的心。满心满眼，尽是好！风是香的，草是绿的，云是白的，人是好的。恨不能分分秒秒在一起，恨不能近一点，近一点，再近一点。

果真近，再近了，却互相伤害了。这样的事情很多很多。他嫌她像攀缠的凌霄花，失去自由。她嫌他老实木讷，找不到最初的浪漫。一些本真，渐渐裸露。如退潮后的礁石，狰狞"现实"的斑点，尖锐凸起，凌空而刺，戳向最近的人，争吵、赌气、沉默、黯然、伤心、绝望……

"人生如若只是初见那该多好"成了很多人的感慨。"学会像刺猬那样相爱"一些人如是说。或许，这都是告诉人们，不妨远一点，再远一点。

远山，远水，远景，远远的情感都带着淡淡的色调。

不知何时，无限迷恋"淡"，淡淡地微笑，淡淡地生活。不羡慕烟花绽放的浓烈，却向往细水长流的淡然。不挣扎名利财富的追逐，却珍惜平平淡淡的拥有。"听任庭前花开花落，坐看天上云卷云舒"，美丽的诗句在烟火的生活落地开花。

小的时候，跟着外祖母去拜佛。佛堂里有观音，俯视众生，微微笑。笑容和善，禅意淡淡。洞悉一切，了然一切的淡，在笑容之上。凡人所谓的烦恼，红尘万丈的纠结，在观音的笑容里显得轻飘虚泛。

越发地喜欢喝白开水了。一杯，一杯，几乎不离手。寡淡至极，却也清淡至极。口腔里填满淡淡的水，充盈着润润的柔软，水顺着喉管而下，仿佛洗去尘埃，心也会变得宁静祥和。

友人曾说："喜欢的歌，静静地听；喜欢的人，远远地看。"

咀嚼，回味，淡淡地笑。

脚底心的秘密

一

一双小白鞋，软底、洁净、俊俏，穿在脚上，踩着一艘"小白船"。步行，如同水的荡漾，飘飘然，盈盈然。

为此，我弃了电瓶车，早晚走路20分钟到学校。

双脚裹在鞋面下，仿佛婴儿蜷缩在子宫。这样的呵护，让人想到一些词：温柔、拥抱、抚摸……每一个词都裹着甜蜜的糖，散发着美好的香味。有谁知道，在这样的表象下，伤害生根发芽。短短几日，右脚大拇指的下方出现一个小茧，茧子又小又圆，呈黄色，透明状，粗粝如小石。

我吃了一惊，什么时候脚底心长了这样的"疔"？

踱步讲课的时候？学校与家的行走之际？一分一秒，一日一日，它如何从脚心破土、发芽，从针尖的小点扩展到蚕豆大小的硬块？

一些惊愕找不到源头。开头与结尾，大相径庭。

舒适的鞋、受伤的脚，看似不成立，却在隐秘之处画上等号。

口蜜腹剑，笑里藏刀，绵里藏针，是否与这样的现象声气相符？

真正的厉害角色都是深藏不露，一幅无辜的表情，温柔且无害。

无形却是最大的潜伏。

我的脚心被"潜伏"击中，从此背负着一个秘密。

小小的硬块，拥有了报复的能力，化成尖锐的"疔"，楔入步伐。走一步，疼一步。

我走过那个广场，走过那片台阶，走进那扇大门，仿佛和平时一样，脚步依然轻盈，脸上依然带着笑。人说，今天的精神真不错。是呀，今天的精神真不错，脸上带着笑，身上穿着美丽的裳，今天和以往任何一天，仿佛没有区别。

只有你自己知道，一个"疔"在看不见的地方，隐隐生疼。

眼睛看到的，未必就是真实的。

生活充满不确定，每一个意外的到来，都可能让人的脚心长着一颗"疔"。

这个春天，下了一场又一场的雨，那雨，长着牙、叼着烟、抖着雾，下得3月、4月、5月，黯然失色。以为雨后的第二天会是晴，谁想到，是雨，是雨，还是雨。

万千的雨，银色的针。

我的脚也下着雨，长出一枚枚针，透亮、雪白、尖锐，戳向地面，戳向脚心。

二

侧着脚走路,是我自己发明的。脚掌右侧微微直立,把左侧的"疔",悬空、拎起、隔离。

我以为只要迁就、容忍、退一步,就能寻得"海阔天空"。

谁知道呢?姑息,也许就是纵容。那颗毫不起眼的"疔"养精蓄锐,日渐汹涌。它会在脚掌偶尔的点地之间猛然出击。

一个痛点,触电一般传遍全身。

我脱了鞋,捧着脚,望着脚心上的"疔",无可奈何。

类似的图片从百度的框框里弹出来,每张图片旁还打着两个字——鸡眼。

只一秒,我就断定了,我的脚长了鸡眼。

图片中,一个个"鸡眼"在医生的刀片下割开、翻找、取出,皮开肉绽、血肉模糊,让人不寒而栗。

雨珠儿密密麻麻,我的脚心渗出密层层的汗。

三

医院,人来人往。

有多少人不愿意来这个地方却又不得不到这个地方。人生,被一个个"不得不"绑架。

等候区,座无虚席。我小心翼翼地挤,见缝插针,从一双双交叉、叠起的脚中寻找落空。大大小小的脚,各式各样的鞋。时间的滴落里,

时光，静好

脚或抬起，或抽离，或疾步，或静默不动。

一双鞋，一种气质。或贫穷，或富贵，或安逸。乾坤，藏鞋中。不同的脚，不同的秘密，奔波、逃离、寻找、诗意和远方……秘密与理想，生活与现实，有的开花，有的枯萎，还有的成为触痛神经的病，比如我脚下的那颗"疗"。

我还未找到落脚点，到处都是人，到处都是脚，世上这么大，医院这么大，我竟找不到一张椅子栖息我的脚。我彷徨在脚的丛林里，仿佛，多年以前，我以一个陌生者的身份初到大城市，十字路口中踟蹰，车子的流，淹没我。而，故乡，在远方的远。

有人起身，我瞄准那带有余温的位置，急惶惶地坐下。

小小的位置，小小的归属感。闭目、冥想、放松，牢牢地占据它。一个位置，好不容易等到的位置，如同体制内的一份工作。供你喘息，供你安全，供你遮挡风雨，小心地护着它，甚而高悬于背，长成蜗牛一样的壳。你以为寻得安稳，殊不知，你丢失了自己。你的脸和其他人的脸，千篇一律。

电子屏幕上闪烁着数据，频繁更新的数字，逼迫我的眼。疼痛的触觉，丝线一般，从我的惊惧中缓缓抽出。

明明是多余的东西，祛除的时候，为什么那么疼？多年前，她摇落眼泪，哽咽茫然地问我。

她等他，十年，终无果。

爱在刀锋下，那么疼，那么疼。

比如此刻的我，手心攥紧，额头冒汗，想象的刀，入皮、入骨、入心。

那些疼，我又该如何咬牙挺过去？

进去，以壮士断腕的决心。

脚心的秘密，赤裸裸展示。

医生看了一眼，轻松地说，病毒感染。她用指尖温柔地划过我的脚，一些战栗细腻、温润、冰凉，如同一朵朵雨中的花。

她取出纱布，娴熟地缠绕。

一个雪白的结，歇在脚背。

盛大的臆想，轻轻落幕。脚心里的秘密，将会成为一个痂，自然脱落。

而新生，是窗外的雨后初晴。

第三辑

天使在人间

"小船儿"在航行

接班103的时候,有个瞩目的男生叫小丸。说他瞩目是因为长得帅,白脸、大眼、挺鼻,让人想起《红楼梦》的贾宝玉——眉如墨画,面如桃瓣。仅仅这些够不上瞩目,还因其头发,他的发型和一般的小男孩不一样,从耳际开始短短的寸头,到了头顶部分,忽然长出来,尖尖斜斜一溜儿小船似的。头一摆,"船儿"一晃,头儿再一摆,"船儿"再一晃。仿佛他的脑袋是一波的水,时不时地让"船儿"滉荡。

隔壁的杨老师说,这男孩发型时尚,估计背后有一位辣妈。我不懂得时尚不时尚,只觉他整天顶着一艘"小船"晃得人眼花。当然,头发是小事,爱咋咋的,没啥了不起。惹我着急上火的是这小子的性情,一匹烈马——不讲理的烈马。

铃声刚打响,小丸"嗖"的一声,从后门蹿出去。我愣在讲台,还未来得及说同学们再见。他已然不见,空气中留下"小船儿"擦过的气流声。整个教室,刮过一阵风似的,晃三晃。

不出两分钟,我掐着时间,果然,有人打小报告了。

"老师,小丸和一个五年级的大哥哥打架了。"一个男生急吼吼地跑来。我也成了一阵风,脚不沾地,几乎是"飘"了出去。

俩人打得脸红脖子粗,难分伯仲。一人的胳膊缠住另一人的腿,另一人的腿,架在对方的腰上,扭成麻花的状,"哼哧""哼哧"直喘气。

"全都给我起来!"我的声音,蓦地拔高。

一秒,两秒,三秒,他俩难分难舍地起来。高的五年级,矮的一年级,矮的那个,明显不服气,气喘得野牛一般,"哼哧""哼哧"喷着"火焰"。高的那一个,结结巴巴想表示什么,张了张嘴,愣是说不出来。

"老师,我的篮球不小心碰到他,他就冲过来打我!"高年级的男生,终于顺了气,他在这一场突然而至的打架里,惊吓大于愤怒。

"你的篮球打到我,我就打你!"小丸梗着脖子,凶狠如野生的狮。他头顶的发,随着摆动,成了一艘惊涛中的"小船",眼看就要翻倒倾覆。

我的眼睛又要花了,一些气息从丹田上浮,又在心口冲撞,差一点,就差一点,就要动手扯掉小丸头上的"小船",让他乖乖俯首,低头认错。

我闭了闭眼,顺了顺气,拉住小丸的手,笑眯眯地对五年级的男生说:"俩人都有错,我的学生先动手,错更多,我会批评他。"那个男生,恶狠狠地看了小丸一眼,悻悻地离开。五年级的,遭一年级的打,且不分上下。他觉得自己输了,而且输得很没面子。

据101班的王老师说,小丸对前任班主任理都不理,还会当面顶撞。现在,我拉起他的手,以为他会抗拒,要和我对着干。没想到我笑眯眯的样,灭火器一般,小丸嚣张的气焰竟收敛屏息了。我还是望着他，笑眯眯的，他的头慢慢低下来，那艘骄傲的"小船"，微微倾斜，蔫儿吧唧。我伸出手，压了压他奇怪的"船"，拉着他，往校园的篮球架走去。

篮球架，在橙色的塑胶操场上，高远的样子。

"如果别人不小心碰了你，比如刚才的篮球，你要学会原谅！"我拉着他的手说。篮球架的背后，种了一排茶花，挨着墙，一朵朵的花，红艳艳，争先恐后地冒出来，红绸一般，开也开不完。

"人与人之间，要友善，磕着碰着的时候，退一步，海阔天空。"我指了指茶花，"这么多的花挤在一个枝头，不见它们争吵，更不会打架，你看每一朵都好好的，开成一片，才能成风景！"

小丸似懂非懂，小脸蛋的肉，嘟嘟地鼓出来，像枚新鲜的水果。

这孩子，不发火的时候，多么招人爱。只是他不发火的时候太少了，就算别人不招惹他，他也是想着方法惹别人。我曾亲眼看见一伙人排队下楼梯，排在后面的小丸忽然伸脚，踹了前面的一下，前面的那个人就从楼梯上滚下来。我还亲眼看到，一伙人在走廊玩耍，小丸愣是不讲规则地横冲直撞，把其他人给绊倒。如此这般，种种事情，让我颇为恼火。

很长一段时间，小丸，成了我的一块"心病"。我小心翼翼地看护，唯恐这枚不定时炸弹，引擎开爆。

饶是看得紧，还是接到了投诉。一个老总，企业的老总，给学校打了投诉电话。他坐在校长办公室里，斜睨着眼睛，清了清嗓子，说："我要投诉——103的小丸，常常欺负我儿子！"

倒霉的我，很快被校长叫到办公室。她的神情有点严肃，说要对我平时进班管理的时间进行调查。

时光，静好

我悻悻地回教室，对着小丸头上的"小船"研究了半天，说："小丸，你的'小船儿'太扎眼了，给剃成小平头了吧。"末了，蓦地提拔音量："把你爸、你妈给我叫来！再不讲文明，小心把你送到其他班去！"小丸从未见我发如此大的火，他的发刺，软趴趴地伏倒。

小丸的爸妈很快来到学校，不好意思地说："给老师添麻烦了，我们的孩子有多动症，请老师多多包涵，回家一定好好教育！"

原来有多动症，心里生出了许多谅解。我拉过小丸的手，讲了什么是文明，什么是礼貌，什么是宽容，什么是善良。我想我的话，有唐僧念经之嫌疑。难得小丸眨着水灵灵的桃花眼，一字一句地听完。

末了，我说："你长得这么帅，心灵也要美。金玉其外，金玉其内才好呢！"

他许是听懂了我的话。不好意思地用手抚了抚头上凌乱的"小船"，认认真真地对我说："老师，我错了，我会好好改正！"他说这话的时候，手背上小小的凹陷，圆圆的小饼一样，一个亮晃晃的银手镯在腕上闪闪发光。

其实，还是很小的孩子哪。

从那以后，小丸慢慢收敛火爆的脾性。我欢喜地观察，耐心地等待，一逮着机会就表扬。

——小丸上课坐得多端正！

——小丸一星期没打架了！

——小丸排队的姿势真帅！

……

小丸的名，时不时地挂在我的嘴上。他呢，一下课就找我，"胡老师、胡老师"喊个不停，眉清目秀的脸在眼前晃，春花一样漂亮。

"小船儿"在航行

三年级的时候，小丸和一个姓叶的男同学闹矛盾。

事情是小丸挑衅的，结果却是小叶抡起扫帚的把柄狠狠地打向小丸的屁股，啪，啪，啪……十几下，小丸愣是不还手。

我亲闻目睹，气急败坏地跑过去，狠狠地训了小叶。我问："小丸，你为什么不还手？"他眨了眨眼，说："老师你告诉过我的，不要打人，我记住了。"

我说："不能打人，还不会跑吗？腿长起来干吗用的？"

小丸眨着泪汪汪的眼点点头。

我忽然心疼，想摸摸他头上的"小船"，蓦地发现，不知什么时候，他的"小船"已经夷为平地。他的头发和其他的男生一模一样。短短的板寸头，千千万万的男生都是这样的发型。

四年级的时候，小丸的妈妈偷偷告诉我，说小丸的胳膊上有密密的瘀青。同桌的女生掐的。

我吃惊地张大嘴巴，久久不相信。小丸的妈妈再次重复话语，她说："胡老师，是真的呢！"

我找到了那个斯文的女生，问："你掐了小丸。"她点点头，一脸不好意思。

我再问全班的学生："她真的掐了小丸。"

全班同学异口同声地回答："胡老师，是真的。"

"小丸为什么不还手？"我问。

"老师，小丸从来不打女生。他说男生要让着女生！"班里的同学替小丸回答。

我走到小丸身边，问："真的吗？"四年级的他已经变成小小的胖子，他不好意思地低头，轻轻地说："胡老师，你告诉我的，不要动手

125

打人。尤其不能欺负女生！老师，我记住了你的话！"

"女生不能欺负，但也不能让女生欺负呀！"我哭笑不得。小丸眨着无辜的眼，抡起圆圆的小胳膊，呵呵笑。

五年级，小丸的妈妈偷偷告诉我，小丸晚上常常偷吃甜食。

"老师，你叫他别吃了。他只听你一人的话，谁的话也不听。"小丸的妈妈一再重复。

他只听你一人的话，谁的话也不听！

他只听你一人的话，谁的话也不听！

我的心，五味杂陈。一年级的小丸，二年级的小丸，三年级的小丸，四年级的小丸，五年级的小丸，他们在岁月的光影中交织，倒带的录影一样，翻飞起伏。

我看到一个头顶一艘"小船"的男孩在走廊里横冲直撞，宛若一株野生的树。他的笑声，毫无顾忌。头上的"小船"，一晃，一晃，犹如乘风破浪的舟，遥遥远去。

童言稚语

一

灿灿最近有句口头禅,是动画片里学过来的。她动不动就小眼一斜,小嘴往上一翘,弯成弧线,声调拉得长长的,摆出一副自以为了不起的神情,脱口而出:"妈妈怎么连这个也不知道呀!""这个"拉开来说,声调扬得高高的,"也不知道呀"这几个字的音调快速下滑,连起来说的时候,总是让我好气又好笑。

"小牛一走出家门,掉水里了,为什么?请回答!"灿灿像模像样地给我出题。

"肯定是小牛不小心,所以掉下去了!"我想了想回答。

"妈妈怎么连这个也不知道呀!"灿灿照样一幅不屑的样子,"这是脑筋急转弯,妈妈!"

"那……那是为啥啊?"我谦虚地请教,真是诚惶诚恐,唉!

"小牛,想游泳,所以掉下去了呀!"灿灿一本正经地回答。

"啊?……那啥,这就是答案?"手心冒汗……

把灿灿从幼儿园接回来,一路上和我聊得兴致盎然。

"明天要下雪了,妈妈陪我一起玩雪球吧!"

"明天要下雪?"这4月的天,阴雨连连,还带着冷飕飕的空气,但要说下雪未免夸张,所以不免好奇地问。

"妈妈怎么连这个也不知道呀。"女儿又来了,"我同桌刘乔说的!"

"啊?你同桌说?"妈妈还真的不知道4月的天,会下雪呢!

二

灿灿不爱吃青菜,有时大便会拉不出来。前几天,又遇到这样的事。

"妈妈,大便卡在屁股里,很疼!"她挪着小步,小心翼翼地走着。"那就把开塞露塞在屁股里,很快就拉出来了!"我对她说。"不,我不要!"灿灿露出惊恐的神情。

回忆起去年那一次塞开塞露的情形,真可谓惊天动地!灿灿拳打脚踢,声嘶力竭的情形让人心有余悸。

"那就没其他的办法了,只能叫医生开刀。"灿灿的爸爸恐吓道。

"妈妈,我不怕开塞露,我要笑眯眯的……"灿灿妥协了,而且摆出一副"英勇就义"的情形。只见她小脸涨得通红,乖乖地配合我们。大约心里还没完全克服对这件事的恐惧,小脚绷得紧紧的。我在旁边鼓励她:"灿灿,真棒啊,这么勇敢,妈妈可喜欢你了!"灿灿的小手攥得紧紧的,当开塞露碰到她小屁股的时候,居然开始大声地唱起歌来:"一闪,一闪,亮晶晶……"歌声颤抖得厉害,眼泪在眼眶里打转。

终于一切弄好了,灿灿站直了身体,自豪地对我说:"妈妈,我刚才笑眯眯的,还唱歌呢,你看,我没哭!"

我一看,眼泪果然没流出来!只是,呵呵,流了不少鼻涕。

三

灿灿的幼儿园要举行卡拉OK比赛。她兴致勃勃地对我说:"妈妈,我想参加比赛,因为比赛那天可以化妆,穿漂亮的裙子!"

为了那天她可以化妆、穿裙子。我和灿灿开始耐心地选歌曲,打开网页一首一首地浏览。忽然一首歌曲在众多的儿歌中吸引我——《娃娃不哭》。

点击鼠标,一幅画面出现在我和灿灿的眼前。这是一幅来自汶川地震中的画。画面中的母亲双膝跪着,整个身体向前匍匐,身上压着倒塌的残垣断壁,身下躺着一个三四个月大的婴儿,因母亲身体的庇护婴儿毫发未伤,他甜甜地睡着。母亲却已经停止呼吸,永远地闭上了眼睛,但她跪拜匍匐的姿势一成不变。

"原来是为了纪念汶川地震写的歌曲呀!"我在心里暗暗地想着,"这首歌不合适,难度太大了。"

"妈妈,她怎么了?"一旁的灿灿,还不认识字,她望着画面,忧心忡忡地问。

"她死了!"我轻轻地回答。

"她为什么要跪着呢？"灿灿眼眶都红了。

"哦，重重的废墟压在她的背上，她这样跪着才能保护自己的孩子呢！"我慢慢地解释。

"她太可怜了!"灿灿哽咽着说，眼眶里迅速弥漫上一层水雾。

伴随伤感的音乐，画面上出现了一个手机，屏幕上写着短信："亲爱的宝贝，如果你还活着，一定要记住，我爱你！！"

"灿灿，别难过，这位妈妈救了自己最心爱的孩子，她很了不起！"看着曾令无数人辛酸震撼的短信，耳畔回响着忧伤的旋律，我也觉得伤感起来。

"妈妈，如果那些东西压住你了，你怕不怕?"灿灿伤心地问。

"如果是为了你，妈妈不害怕！"我答道。

"要是汽车压过来呢？"在灿灿的心目中，车子是最可怕的东西。

"如果是为了保护你，妈妈还是不会害怕的！"我告诉灿灿，"因为你是我最亲爱的宝贝呀！"

灿灿的嘴巴往下弯了个弧度，小手不断地揉着眼睛。揉呀，揉呀，一滴泪水滚出来了，揉呀，揉呀，又一滴泪水滚出来……

初秋里的憧憬

9月的校园新增了一群可爱的新生。一队队小豆芽似的小不点手拉手，在老师的带领下来到开学典礼的操场。全校老师看着这些刚冒出芽的小苗，或感慨，或赞叹，岁月给予他们未打磨的童真，纯真如9月的天。

校园里的银杏树，叶片泛黄，风儿轻轻，金黄的轻盈慢悠悠飘落。一朵阳光从缝隙里穿过，温柔地铺满一张仰望的脸。纯净的眼神，闪烁着惊奇的芒，高举的小手去捕捉翩跹的叶。他忘记了上课，忘记了时间。

"慧，怎么还在这儿，上课铃声已经响了！"

"老师，你看，你看，叶片是不是一朵朵会飞的花呢？"

干净的眼神盛满灿烂的喜悦。拉起他小小的手，老师笑着说："慧，你已经是一年级的小朋友了，记住上课的时间是你必须要做的事，快回去吧！"

慧调皮地吐一吐舌头，胖乎乎的小脚安了轮似的呼呼跑回教室。

一只青蛙躲在榆树下，倾听教室里传出琅琅的书声。天籁的童音清润如泉,青蛙一时忘记奔跑,忘记了回家,翕张有序的腹部搏动着9月的遐想。

兰发现榆树下的小青蛙,趴在地上细细看。上课铃响起的时候,她把小青蛙揣到了衣兜里。

"小朋友,跟老师大声读,a,圆圆嘴巴,a,a,a!"老师拿着单韵母的卡片教得有滋有味。

"呱,呱,呱!"几声蛙叫扰闹了课堂的秩序。哈哈哈,全班孩子笑得前俯后仰。

"你们是一年级的小学生了,不能再带小动物来上课!"老师严肃地说。

兰站起来,慢慢地从衣兜里拿出小青蛙。"老师,我只是想把它送回家!"她低着头,羞红了脸。

"兰,你是一位好孩子。来,把青蛙放在纸盒里,放学后,我们一起把它送回家!"老师笑呵呵地说。

初秋的稻田,沉沉的稻穗笑弯了腰。饱满的稻粒鼓着圆圆的肚囊。一只小青蛙"扑通"一声跃入稻田。金黄的稻浪晃动一圈又一圈的涟漪,细长的稻叶细碎摇晃,一如岸上老师和学生盛开的笑颜。

淅淅沥沥的小雨点儿蹦跶晶莹的小脚丫,走廊的栏杆敲打着秋日绵绵的私语。蕾静静地望着,她伸出食指和中指学着小雨滴的跃动欢快地弹奏。雨点儿淅淅沥沥,两根手指头交换变化。忽轻忽重,忽左忽右,一帘的秋雨迷迷蒙蒙,蕾的小手小脑袋湿漉漉的。

"蕾,你怎么在这淋雨呢?快到教室里来。"老师发现了淋湿的她。

"老师,你看,你看,我会用两根小指头弹琴,和小雨点的小脚丫一样有节奏呢？"蕾仰着脸，一如沾满露珠的鲜花，纯真明亮。

"好孩子，老师听到了你的琴声，果然很好听呢，不过身体淋湿了会感冒呢！"老师拉着蕾的手回教室帮她擦干身上的水。

初秋的雨还在下，还在下，一帘雨浓，一帘雨淡，镶嵌如珠，剔透如玉，且歌且吟，且舞且飘。

弯曲的山路上迎来了一年级秋游的队伍。欢快的步伐，天真的笑语，山路弯弯，小河清清。

"小朋友，你们说，秋天在哪里？"

举起的小手哗啦啦一大片，一如山上摇曳的大丛芦苇花。

"秋天是香蕉金色的小船。"

"秋天是苹果红红的笑脸。"

"秋天是枫树燃烧的叶片。"

……

老师乐坏了。她甜甜地笑，甜甜地笑。因为美丽的憧憬在初秋的阳光下长出嫩嫩的芽，嫩嫩的芽。

第七朵微笑

多年以后，叶小芬还会想起那些栖息在大山深处的微笑。一朵，一朵，又一朵，不多不少，刚刚七朵。

那是一个极其落后的村落，一座小小的学校，石头垒成的房，裂了缝的木板门，吱吱呀呀的窗户糊着薄薄的塑料纸。风吹，塑料纸簌簌飞，一些风从缝隙涌进来。叶小芬觉得冷，比身体更冷的是她的心，风在石头房钻进又钻出，叶小芬的表情，没来由地冻住了。没有表情的叶小芬像一块裸露在冬天的石头。

说到底，叶小芬是有怨气的，甚至有一点点愤世嫉俗。同年毕业的师范同学，各个如飞出林中的鸟，每人都寻到自己的好去处。有的在市里的小学教书，有的在县城，最差的也落户到镇中心的学校。而叶小芬呢？她像一颗被农人遗落的种子，被一只大鸟衔走，丢到了最远最偏的山中村小。

说是校园，就是一座石头垒成的房，石头与石头的间隙，裸露着黄黄的泥，风过，鸟飞，泥土从墙的缝隙簌簌落。一根竹子做的旗杆擎着一面褪了色的五星红旗，滚动、翻卷，扯出一波波痕。望一眼，再望一眼，叶小芬的眼，也扯出一波波痕。不是泪，是阳光太刺眼，是蓝天太蓝，是风太大。叶小芬对自己说。

转身，进到教室，几个孩子眨巴巴地望着她。

叶小芬用目光数了数，一个，两个，三个……不多不少，刚好七个。七个孩子，一些高，一些矮，一些拖着鼻涕，一些沾着草屑。叶小芬不知不觉想到庄稼，七株来自泥土深处的庄稼。有的是春天播种，有的是夏季出土，参差不齐。七个孩子，跨越几个年级：一年级、三年级，还有五年级。

这是一个复式班，或者说大杂烩。叶小芬一个人担任所有孩子的教学。一声轻叹从心底滑过，如何在一堂课进行交叉教学，刚毕业的叶小芬觉得这是一道难解的题。

七个孩子，七朵微笑的鲜花。他们笑眯眯地望着，小心翼翼地望着，他们喜欢叶小芬头上的蓝夹子、身上的红裙子。有幸福从心底溢出，却不敢喜形于色，抿着嘴，微微笑，怕笑得大了，把美丽的老师给吹走了。

一个最小的孩子，笑着笑着，忽然从嘴巴里吐出一枚牙，小小的、嫩嫩的、白白的，仿佛一颗小小的珍珠。她用手擎着七岁的乳牙，对叶小芬奶声奶气地说："老师，我的牙掉了。"她说这话的时候，漏着风，一些气息在唇间流窜。叶小芬不由得乐了，乡间有习俗，下门牙掉了扔房顶，那样，牙齿长得快。

七个孩子，一个老师，站在石头房的门前，向着房顶用力抛。叶小芬记得那时的天，蓝汪汪，那时的云，白闪闪，一颗牙，流星的弧。"哐"的一声，乳牙撞击瓦砾发出一声脆响。七个孩子、一个老师在脆响中，笑了。他们相信，乳牙上房，新牙就会长得快。

时光，静好

老师，你笑起来的样子真好看。最大那个娃，对着叶小芬说。

是吗？叶小芬摸摸自己的脸，有多久忘记了笑。从得知自己分到最远的村小起，笑容就丢失了。今天，在一颗乳牙的抛落里，有什么从心间抛落。

"孩子们，我们进教室学习吧。我们上的第一堂课——做一个微笑的人！"叶小芬响亮地说。

一个老师，七个娃，很快熟了。最小的叫麦子，最大的叫苇叶。乡村孩子，泥地里摸爬滚打，名字也极其随意，看到花，就叫花，想到草，就喊草。年龄虽不大，却极其能干，打水、打扫、洗衣裳，样样行，干起来有模有样。

清晨，七个学生排成一溜做早操，从低到高，一条齐刷刷的斜线，叶小芬想到乐谱上的音符：哆（1）、来（2）、咪（3）、发（4）、唆（5）、啦（6）、西（7），高高低低的旋律在孩子们不大标准的动作上纷飞。七个孩子微笑地看着叶小芬，一朵，一朵，又一朵，不多不少，刚刚好七朵。

屋檐下的铜钟当当响，七个孩子一溜儿跑进教室，一些阳光也跟着跑进来，拿着书的叶小芬踩着金色的阳光，一些光映着脸上的笑，仿若图画。一年级的读拼音，三年级的抄课文，五年级的做算术。一节课40分钟，左边飘出朗朗的读书声，中间传来响亮的答题声，右边是沙沙沙的写字声。

叶小芬喜欢给最小的麦子梳辫子，一根红红的绸缎绑在麦子的发梢，犹如一朵欲飞的红蝴蝶。叶小芬喜欢给五年级的苇叶讲文学故事，《鲁滨孙漂流记》《水浒传》《爱的故事》，苇叶听得津津有味，一双明亮的大眼睛忽闪忽闪。

风吹云动，时光纷纷。叶小芬在村小安宁且平静，教书、育人、读书、写字，每一件事都在微笑的时光里从容完成。闲了，跑到田野闻闻花香，听听鸟鸣。也就遇到一些村民，大家乐呵呵地瞅着叶小芬，这个喊，老师，白菜自己拔，那个喊，老师，萝卜自己挑。叶小芬笑着答应，脆生生。村民们慈爱地望着叶小芬，仿若瞅着自家的闺女。

七个学生，七朵微笑。这个采来野花一束放在叶小芬的宿舍前，那个带来鸡汤一碗放在讲台上，还有谁将叶小芬的水桶日日挑满。

谁？是谁做了好事？叶小芬弯腰，浅笑。七个娃，七朵笑，每个人轻轻抿着唇，轻轻摇着头。而后又异口同声地说，老师，不是我！

不是我！也不是我！一朵笑，一句否定。叶小芬的心里有暖，慢慢散；眼睛有水，雾蒙蒙。她笑着点点头，不再问。只是以后的日子叶小芬越发用心地教学。

她是把七个娃当作最心爱的人来喜欢。

周末，叶小芬回镇上的家，回来的时候便给孩子们带来五彩缤纷的糖。每一颗糖裹着薄薄的纸，阳光下，熠熠发光。孩子们一人一颗吃得甜，叶小芬便也笑得甜。她花钱给孩子们买课外书，告诉他们"腹有诗书气自华"。她还花钱给女孩买发卡、蝴蝶结，女孩的眼睛发光又发亮。

周六才回家，周日就盼着早回学校。叶小芬的妈妈惊奇地问："这孩子，是不是魔怔了？一所破学校，急巴巴地赶回去，做啥？"

叶小芬摇摇头又点点头，她想说，她遇见了七个天使。

春天的时候，麦子扔掉乳牙的屋顶长出了一棵大麦熟。花儿长得快，腰板挺直，又骄傲又神气。一株花，七片叶，叶间藏着七个花骨朵。叶小芬发现大麦熟的时候，春意已经很浓了。她带着孩子们看着瓦砾上的花，仿佛瞧着一个童话。

大麦熟一点也不着急，待在房顶，想开一朵就开一朵。蓝蓝的天空下，一株大麦熟在屋顶，似豪华的王冠。

学生们在县里的比赛开始崭露头角了。

一年级的在艺术节的声乐比赛上获得独唱一等奖。

三年级的在县里看图说话的比赛中获得二等奖。

而学期结束的期末考试，孩子的成绩获得全县第一。

……

瓦檐上的大麦熟开得越发灿烂，叶小芬的名字传遍教育界。人问："叶小芬是谁，居然把村小的孩子教得那么好？"人又问："一个人教三个年级，各个都这么优秀？老师是神仙吗？"

叶小芬成了教育界的人才。人才岂能埋没？一纸调令，要将叶小芬往镇上的学校调。

捧着调令，叶小芬高兴又悲伤。她的学生们，一个，一个，又一个站成一溜，送着叶小芬，每一个孩子的唇边都挂着笑，每一个孩子的眼睛都噙着泪。

叶小芬一个个地拥抱，一个个地告别。一朵微笑，两朵微笑……少了一朵？麦子哪里去了？

叶小芬的心隐隐失落，最疼最爱的麦子，不知道今天老师要走吗？

叶小芬还是走了，头戴蓝夹子，身穿红裙子，向着村庄的路口走去。转身的一刹那，她听到六个孩子的哭声。他们喊着："老师，再见！老师，再见！"

八岁的麦子失踪了。

没有人知道她去了哪里。其实，她一个人来到镇上的大街小巷到处问:"镇小的校长在哪?"人可怜,以为这孩子脑子有问题。也有人问:"找镇小的校长,为何?"麦子撇了撇嘴,眼泪颗颗落,说:"想让他把老师还给我们。"人再问:"你老师是谁?""叶小芬!"麦子骄傲地回答。

有好心之人将麦子送到叶小芬的家。

麦子说:"老师,对不起,我只是舍不得让你走。"

叶小芬一把搂住麦子。

第七朵微笑,含泪的微笑,芬芳、清澈、不落、不败。

分是舍，离是疼

分离，分离。分是舍，离是疼。

不愿与你分离。不愿与你分离。自从你来到我身边，你是我的欢喜我的愁。唯愿分分秒秒，时时刻刻与你笑在一起，陪你看蓝天白云，陪你数光阴荏苒，陪你讲《白雪公主》与《灰姑娘》。

你还小，不懂什么叫无可奈何。

你只知道。在你一岁多的时候，在相似的房前，在相似的房后，不停地寻找："爸爸，妈妈！爸爸，妈妈！"你不明白突然陪伴的爸爸和妈妈怎么忽然不见了。只因为，相约好的保姆阿姨不来了，必须上班的爸爸和妈妈只能把你寄养在别人家。你却惶恐地看着陌生的环境不停地寻找，不停地寻找。小小的身影淹没到高高的楼房里，空空的道路回荡你的声声呼喊。

这是第一次与你分离，每每忆及此，心痛难忍。

你还记得。去年的暑假，妈妈去云南了。整整9天，你待在亲戚家。第9天，在路上遇见妈妈的朋友，你禁不住号啕大哭，语不成咽，拉着朋友的手不停地说，不停地说："我想妈妈了，我想妈妈了。妈妈去开会了,妈妈去开会了。"泪水滴滴答答落满脸庞止也止不住。我接到朋友的电话时,正在飞机上。只差和你一样泪雨滂沱,更难受:自己无法带上你。

这是第二次与你分离,每每忆及此,后悔不及。

你是懂得了。今年伊始,妈妈要暂离你半年。每次打电话,我总是问:"今天快乐吗?"你总是告诉我:"今天很快乐,老师又给我发小红花了。"我以为你真的很快乐,于是我也就安心了。其实,你只是不想我担心,不想我难过。

五一放假回家。乖巧的你成了牛皮糖,到哪都要黏着我。

上厕所你要在门口看着,去店里洗头发,你要在旁边陪着。几分钟没看见,你便慌慌张张地四处寻找,最经常问的一句话是:"妈妈在哪?"

你知道我喜欢看你吃东西。于是,你大口大口吃青菜,大口大口吃肉,大口大口吃苹果。你一边吃,一边望着我,好像如此表现便是对我回家最大的欢迎。

我不争气。难得回家,却怏怏的,小病不断。整日躺在床上,拿着一本书,看着看着就睡着。你却守着我,小心翼翼地呵护。见我微微闭着眼,轻轻地走过来,悄悄拿走书,帮我把手放进被子里,拉了窗帘,关了房门。静静地坐在床上陪着。一会儿给我捋捋头发,一会儿帮我摁住被角。

五一假期的最后一天,我想陪你睡觉,陪你讲故事,再悄悄地走。可是,电话铃响了,汽车来催了。你看着我收拾行李,一张小脸愁成了泪汪汪的水塘,最后却强忍眼泪笑着说再见。

上了车,却又见你急匆匆地跑来,你说我忘了一件东西。

原来是你先前送给我的礼物。

打开你递过来的礼物,心里依然很感动。

一张画,一个储蓄罐。

画上两朵花,一朵大,一朵小。画上一颗心,左边一半,右边一半。画上还写了一句话:"大朵的花是妈妈,小朵的花是宝宝,宝宝想妈妈,心都裂开了。"

打开储蓄罐,满满一盒是硬币。一元、五角、一角,层层叠叠,装满一盒子,你告诉我,这些钱你存了很久很久,让我在杭州慢慢花。

汽车在回去的途中飞驰,你的礼物压得我心里沉甸甸。

今晚,我给你打电话。

我问:"今天快乐吗?"

你说:"快乐!老师又发小红花了。"

我说:"宝贝真棒,又有小红花。"

可是,说着说着,你就哽咽了。你泣不成声了。

我拿着手机,也哽咽了,也无法言语了。

看着你送我的画,看着你送我的储蓄罐。

眼泪纷纷而下,纷纷而下啊。

庄稼拔了根,泥土会痛吗?

叶儿脱了枝,大树会哭吗?

雨滴儿落了地,云朵会愁吗?

我只知道,离了你,眼泪滂沱,眼泪滂沱。

跟着蜗牛去散步

女儿去学围棋了。小小的她，走进了大大的棋院。错综复杂的棋盘，方方正正的格子，让小小的她迷惘恍惚。老师在上面讲，女儿在下面东张西望，白与黑的棋子不如周围新环境来得更有趣。老师出题考同学们了，哗哗的小手如林举起，女儿却只睁着茫然的眼，不知所谓。

坐在后面跟学的他失望了，愤恨了，觉得每一个孩子都比自己的娃儿更出色。他羡慕那些小男孩的迅速反应，嫉妒那些小女孩的懂得倾听。在争抢回答的声音里，他找不到满怀的期望，失望与失落交叉环绕像两股挥之不去的风。

陪学，如坐针毡。

一股恶狠狠的风，"啪"的一声撞开家门，他的手扯着惶恐不安的女儿。暗色沉沉的阴霾在家里笼罩。

重新摆上棋盘，疾风暴雨的训斥在一步一步地教学中砸出一次又一次的疼。

她想起一首诗：

时光，静好

> 上帝给我一个任务，
> 让我牵着一只蜗牛去散步
> 我催他、吓唬他、责备他
> 蜗牛用抱歉的眼光看着我
> 仿佛在说我已经尽力了
> ……

女儿成了诗中的小"蜗牛"。她说："爸爸，爸爸，请你慢一点，慢一点，我跟不上！"

他失望地喊："你怎么这么笨，这么简单的事都不会做，跑起来，跑起来。"

"蜗牛"眼泪汪汪。

他气急败坏，躺倒在沙发，一脸疲倦。

她不声不响地收拾好一切，把小小的女儿抱在怀里，擦擦眼泪，亲亲脸颊，说："宝贝不哭，下次学围棋，妈妈陪你去！"

还是那个棋院，还是那个老师，还是那些小朋友。女儿牵着她的手像朵幸福的花。一会儿拉着她找座位，一会儿出门倒开水。小小的她，照顾妈妈犹如一位稳重的小大人。当女儿晃悠悠地拿着一杯水送给她时，她感觉脚底踩着一朵幸福的云。

老师开始讲课了。她静静地坐在下面看着那小小的身影。果然，上课的她几乎不举手。很快，她的沉默淹没在大片哗哗高扬的小手里。有几个小男孩总能在最快的时间喊出最准确的答案，女儿越发地不安了，好像迷失在一片森林里，四处都是高高的树，弱小的她找不到前方的路。

总算熬到第一节休息的时间。女儿一下子扑到她的怀抱，把头深深地埋下去，埋下去。小小的她缩成一只胆小的"蜗牛"，再也不敢伸出触角，怕一不小心就折断了初探的疼。

"蜗牛"说："妈妈，妈妈，我不想学了，他们都比我聪明。"

她笑眯眯地说："你不笨，刚才上课的时候特别认真，妈妈为你感到自豪。"

"蜗牛"扬起惊讶的小脸庞，愣愣地看着她。

她继续笑着说："如果你能高高地把手举起来，妈妈就更开心了。"

第二节课的铃声响起来了。

她依然坐在后面静静地望着她。

"大家看棋盘，下哪里才可以'双打吃'呢？"老师笑眯眯地问。

一只小手从桌沿下悄悄地探出了脑袋，就像蜗牛刚刚伸出壳的触角，俏生生，有一丝儿不自信，有一丝儿紧张。

她坐在下面，惊喜地看到，斜斜伸出的小手，如歪歪扭扭的小草探出了春天的第一缕芽。

感谢棋院的老师，那个和蔼的女人在如林的小手里邀请了她。

她有点扭捏，有点羞涩，拿起黑子的手带着一丝颤抖。只听"啪"的一声，黑子落到了正确的位置。"哗啦啦"，教室里响起热烈的掌声。她看着妈妈骄傲地笑了。

是的，她笑了，弯弯的眉，细细的眼，细碎的自豪在闪烁。

她也笑了，幸福的快乐在眼里熠熠光芒。

……

第三周，全班反应最快，举手最棒的小男孩和"蜗牛"对弈的时候被杀个片甲不留。

第四周，班级里水平最高的小女孩和"蜗牛"对弈的时候居然毫无招架之力。

第五周，"蜗牛"成了班级里的佼佼者，难寻对手。尽管她的年龄在班级里是最小，尽管她的个子在班级中也是最小。

而这一切，只不过是短短五个星期。

……

她跟着一只蜗牛去散步。

蜗牛走得很慢很慢。她一点也不着急，她在后面慢慢地跟着。在跟的过程中，听到了鸟鸣，看到了花开……

漫步春天

我们漫步春天，灿灿。在那阳光不及的地方，墙缝、瓦砾、沙堆，有生命书写浩荡。谁的老嗓子嘶哑春天的摇滚？一首《春天里》穿透贫瘠中的铮铮。我们看到高墙上的蒲公英，看到门缝中的野薄荷，看到砖堆上的小瓜苗。卑微，弱小，却有荆棘一样的气质，烈日一般的情怀，不服输，拼命，霍霍生发。

你说，水泥地中蹦出的那丛草，仿佛惊叹号！你左右找不出它的根从哪里扎下，却在一簇绿茵茵前停下，你看到了生命的力量，喷涌如泉。

你说，车库前的那丛薄荷是门帘。肥肥厚厚的叶，纤纤细细的茎，绿意纷纷，你对它充满怜爱。每次嘱咐我轻轻关门，怕那生锈的铁门，碰伤薄荷的蔓延。

你甚至在凌乱的花坛中找到一株野生的桑树。小小的，细细的，只到你的膝盖高。你轻轻蹲下，细细端详，桑叶一片片，绿意深深。你看到了生命的庄严。你掐了几片，喂养你的蚕。灿灿，我看到你认真地铺着桑叶，认真地擎着那枚雪白的蚕。蚕儿长大，你也在长大，灿灿。

我们每天在寻找，灿灿。我们的足迹遍布春天，我们看着落花持续缤纷，看着绿意渐次葱茏，看着只要有泥土的地方，便有生命纵情歌唱。我耐心地表达，希望你懂得草木本心，懂得华枝春满。灿灿，大自然是最好的老师，它教会你敬畏。在植物面前，人，有时候要低头。

而你，灿灿。这个春天，你也是一株蓬勃的植物。你能一口气吃掉两个杧果，一口气吃掉一大碗饭，一口气喝掉两盒牛奶，一口气跳绳一千五百个。健康的红晕遍布你的脸颊，仿若桃花。有力的心跳跃动在你的脉搏，仿佛鼓点。每个晚上，挨着你，仿佛挨着春天，远来的风，送来你的呼吸，我听闻娉婷次第绽放。

在这个阳光布泽的5月，我感恩上天将你赐予我。我看着你和春天一起长大，你的快乐与健康是万物不及的好。你是美好中的美好，甜蜜中的甜蜜，深情中的深情。我要如何诉说，诉说对你的爱。灿灿，所有的词汇在你面前，都失去颜色，所有的描述在你面前，都显示苍白。

灿灿，这个春天，我和你一起长大。

从前的我，总误会你是我生出的另一个我。曾经，我把自己的想法嵌入你的生活，要你亦步亦趋地遵从。灿灿，我看到你的眼泪在飞。

当你又一次因为平常的考试而忧心忡忡，灿灿，你的天真密布沉重，那些疼，在我心里划开口子，长长的伤。

该怎样去爱你？灿灿啊灿灿。我捧着满腹的深情，却迷失在没有月光的夜晚。那些夜晚，我把黑暗一遍遍淘洗，依然找不到星星。灿灿，你说他们去了哪里？

还记得那次的古筝练习吗？

琴声久未想起，忍不住为你的拖拉而出声指责，却看到一个小小的玩偶，枕着气囊小袋子，盖着薄薄餐巾纸，戴着五彩假链子，闭着眼晴，安然入睡。怨气消融，歉意行走。你的忙碌如此可爱。怎能苛责？想你天天活在我的指令中：作业、锻炼、练琴、阅读……多少人，以爱之名绑架孩子的童年？又有多少人用"期望"画地为牢，圈住童心自由？

灿灿，我在反思……

还记得那次期中考试吗？

你的英语才考了80分，灿灿。我偷偷地了解了分数，并不告诉你。直到你要发卷子了，我才对你说。我说，灿灿，这次英语考不好，不要紧，妈妈已经知道分数，不要难过，我们一起找出不足，一起努力！

就在昨晚，我说："灿灿，妈妈今天好累，额头发烫，头晕沉沉的。"你忙着为我找体温计，又信誓旦旦地说要照顾我，盘算着第二天早晨给我煮七分熟的鸡蛋。灿灿，当你说这些话的时候，我看到美好在你身上生发，看到我给你的爱，从你身上源源不断地返回。乌鸦反哺。羊羔跪乳。灿灿，你有一颗感恩的心，这些，相比一百分，更让我感到幸福。

从今往后，我将重新定位你。你是独一无二的。我再也不会画蛇添足。你的天真，你的细腻，你的纯净，不需要任何添加剂。而我，是你的妈妈，更是你的朋友，将以一个陪伴者的身份，倾听，鼓励，指引……

如果说爱是一道开满鲜花的篱笆，那么，灿灿，让我们在篱笆旁栽满蔷薇。我们一起期待，清风自来，蝴蝶盛开。在期待的日子里，灿灿，允许我陪你一起寻找，寻找深情，寻找天真，寻找善良，寻找平淡的美意。

灿灿，我向你伸出了手，用我刚沾染过栀子花香的手……

没有翅膀的飞翔

爸爸不喜欢朵朵。村里的每个人也用异样的目光看着朵朵。

是的，朵朵和别的孩子不一样。

看见一只小鸟，朵朵会不顾一切地追过去，鸟儿飞上枝头，朵朵爬到树上，鸟儿俯冲到地，朵朵从树上跳下来。她不知道害怕，不知道疼痛，摔得头破血流也不知道哭。

天上打雷，地上刮风，朵朵跑出去了。她仰着头望着被雷电割裂的天，光着脚丫踩着"噼噼啪啪"砸下的雨，她不懂畏惧，感觉不到冷热，玩到浑身湿淋淋也不知道回家。

妈妈，只有妈妈会望着朵朵伤心地哭。

她总是害怕地搂着朵朵，好像朵朵会随时消失一样。

朵朵喜欢妈妈。

妈妈的味道是风的味道。风是多么美，绵软、饱满、亲和，一如妈妈温热的手抚过朵朵的脸颊。轻轻地，轻轻地，那么亲，天地静下来，静下来。朵朵躺在风的怀抱里，靠在妈妈的臂弯把笑容变成一朵又一朵的花。

朵朵喜欢春天的风。软绵绵，白绒绒的柳絮轻飘飘。满树的柳絮阳光中闪耀。妈妈笼罩在蒙蒙的白纱中，牵着朵朵的手，一次又一次地告诉她：

朵朵不能像柳絮离开妈妈去很远、很远的地方。

如果你走得很远很远，一定要记得妈妈的手机号码。

风儿轻轻地吹过来，吹过来。柳絮儿慢慢地飘啊飘，一个手机号码11个数字，朵朵哪里会记得。她的眼睛忙碌地看着茸茸的絮，小手忙碌地捕捉春天的风。

朵朵喜欢夏天的风。各式的风筝在原野的上空自由地飞。漫天的风筝鼓着硕大的翅膀天地间滑翔。妈妈仰望越飞越远的风筝，牵着朵朵的手，一次又一次地告诉她：

朵朵不能像风筝离开妈妈去很远、很远的地方。

如果你走得很远很远，一定要记得妈妈的手机号码。

风儿悄悄地吹过来，吹过来。风筝自由地飞啊飞，一个手机号码11个数字，朵朵哪里会记得。她的眼睛延伸线的尽头插入高远的天，她的小手挥舞着穿过夏天的风。

朵朵还记得秋天的风。远飞的大雁排成人字形。碧蓝的天空上褐色的影在逐渐消散。妈妈望着消失的雁群，牵着朵朵的手，一次又一次地告诉她：

朵朵不能像大雁离开妈妈去很远、很远的地方。

如果你走得很远很远，一定要记得妈妈的手机号码。

秋天的风儿凉丝丝，如蚕吐出的丝，雪亮透明。大雁早已远去，一个手机号码11个数字，朵朵还是记不住。她的眼睛被一只蜻蜓迷惑，她的双脚踩住秋的风。

时光，静好

冬天，妈妈生病了。静静地躺在病床上，惨白的脸一如雪色的床单。

朵朵终于安静了，不安地看着生病的妈妈。

凛冽的清晨，妈妈躺在床上永远地睡着了。

冬天的风真冷啊，挟持着刀片，割得朵朵的脸生疼。又如千万银针钻入衣领，刺得朵朵浑身哆嗦发抖。

妈妈？妈妈去哪里了？妈妈随着呼呼的北风永远地不见了。

有人告诉朵朵，妈妈去了很远、很远的地方，那个地方叫天堂。

朵朵想起了妈妈的手机号码。她要给天堂里的妈妈打电话。

朵朵走过村头，对一位阿姨说："阿姨，阿姨，我的妈妈去天堂了，我记得妈妈的手机号码，你能帮我打个电话吗？"

朵朵走到村尾，对一位叔叔说："叔叔，叔叔，我的妈妈去天堂了，我记得妈妈的手机号码，你能帮我打个电话吗？"

……

朵朵找了很多人，人都摇摇头，可怜地望着她。一个手机号码11个数字，朵朵在寒冷的北风中把每个数字颠来倒去地念。念着，念着，就变成了两个字——"妈妈，妈妈。"

眼睛里有液体流出来，是伤心的眼泪？心里有个地方钻心地难受，是疼痛的感觉？

朵朵对着天空大声地喊："妈妈，妈妈，我记得你的手机号码了，我给你打电话了。你听到了吗？听到了吗？"

天空不会回答。只有凛冽的风飞来又飞过，呼呼呼，呼呼呼。

有人告诉朵朵，天堂在云朵之上，在蓝天之际。

她挥动着双手追赶飞舞的风，轻轻地说："风儿，风儿，快飞吧，飞去天堂,告诉妈妈,朵朵想她了。"

每个有风的日子,朵朵都会想起妈妈。

妈妈的味道是风的味道。风是多么美,绵软、饱满、亲和,一如妈妈温热的手抚过朵朵的脸颊。

那天,阳光很好。风儿很轻。

朵朵爬上家乡最高的山,她仰望蓝天,伸开双臂,仿佛展开翅膀在飞翔。

风儿吹来,是妈妈的呼唤。

没有翅膀的朵朵比天使的姿势更接近天堂。

男孩的眼泪

一

全班只有三只手举着，孤零零，大海上的几叶"小扁舟"。

这是一次投票，全班三十个人，极少的几票投给男孩。"扁舟"在同学们诧异的目光里瑟缩一下，仿佛目光有浪，随时要淹没过来，"扁舟"越发地倾斜了，摇摇欲坠的样子。只要风儿轻轻一吹，就会沉没。

男孩望着手的主人，他最好的朋友。眼圈红了红。随后，我看到了他的眼泪。那么圆，那么大，珍珠一般，涌出来。一颗，一颗，又一颗，络绎不绝，不停不歇。

眼泪从脸颊滑落，斜斜地飞出去，摔在课桌上，啪啪作响。有什么在摔碎，我听到男孩的自信正随着溅落的眼泪一起跌碎。

走过去，拍拍男孩的肩膀，微笑着说，下次再来过。

"我再也不参加这样的比赛了。"男孩把头一偏，倔强地说。

负气的话语哽咽着，受伤的疼痛在呜咽。我望着他，静静地望着他。其实，我想说，男孩你很好。你只是输在了主持稿的准备上。

二

我不会忘记。

那个傍晚，夕阳铺满天边。男孩从书包里掏出一个月饼。圆圆的月饼，金黄的模样，散着淡淡的甜香。

"老师，这个月饼是我从新疆带来的，你一定要尝尝。"男孩望着我，清澈地望着我。忙碌、疲惫、凌乱的我，倒映在男孩的纯净里。

"谢谢你，老师不吃。"我说。

"老师，你一定要尝尝，它可是我从很远很远的地方带过来的。"男孩固执起来的模样很可爱。

"好吧，你一半，我一半。"我笑呵呵地说。

"好咧！"男孩子把月饼掰成两半，一半给我，一半给他。他甜甜地咬着，我也甜甜地咬着。呀，味道出乎意料的好。男孩笑，我也笑。一些甜在嘴里含着，舍不得吞咽，任由它慢慢地，慢慢地融化，一直融到心的纹路里。

男孩的眼睛在发光。

璀璨，明亮。

光芒里，映着我，浅笑盈盈。

三

我不会忘记。

那个早晨,鸟鸣溅落,微风飞翔。男孩从书包里掏出一本书。高高举起,递给我。

"老师,你一定要看看这本书,很好看,很好看。"

"谢谢你,老师不看小孩的书。"

我忙着做课前的准备,把男孩的心意一口回绝。男孩的眼睛暗淡下来,仿佛火苗被风吹灭。在我转身的瞬间,男孩又一次把手高高地举起,手心里依然捧着那本书。

"老师,你一定要看看这本书,真的很好看。"

男孩一向很固执。我无可奈何地一笑,随手把书往抽屉里一塞。男孩高兴地走了,蹦蹦跳跳。

我却忘了这本书。忘了有个男孩固执地要送我一本书。

那天,学生们在考试。漫长的时间里目光一圈一圈巡逻。忽然,想起那本书。随手翻了翻,却原来是李娟的文字——《阿勒泰的角落》。

原来,男孩已经在看大人的书了。他把他认为最好的书送给他的老师。男孩的心意在抽屉里足足躺了三个月。

翻开书的一刹那,阿勒泰无边无垠的天蓝,划过我的心。阿勒泰的角落,荡气回肠的绝唱,寂寞的足音在回响,绿色的寂静在绵延。

很好的书。感谢男孩带我走进李娟的文字。从此,一本又一本,一遍又一遍。时光流浪成草原的丰盈。

四

很快迎来班干部的竞选。同学们一个一个地上台，侃侃而谈，自信如窗外的春光饱满。

"还有吗？还有谁要参加竞选？"我问全班同学，目光却停在男孩的脸上。

其实，我想说："你很好。你的善良，你的大气，能赢得同学的信任。"

男孩分明紧张，分明无措，分明害怕。上一次的失败摔碎了男孩的自信，他惧怕这样的竞选。

我不言语，却静静等待。我在等待，等待折翼的男孩重新展翅。我耐心地看着，温柔地看着，微笑地看着，期待地看着。

男孩细微的变化在我的目光中一点点放大，那些挣扎，那些恐惧，一丝一丝触过我的心。

他的伤口，在我心上疼痛。

停驻时光，等待成长。

等待我的男孩，破茧成蝶。

终于，男孩潇洒地一甩头，自信地上来了。

男孩口若悬河，落落大方。

掌声从角落里才刚探出头，如潮水般席卷整个教室。哗，哗，哗，海浪在歌唱。

黑板上，一笔一画都是投票的记录。男孩以全班最高票当选班长。

我又一次看到了他的眼泪。一颗一颗溢出，晶莹剔透的模样。

时光，静好

我笑了，男孩也笑了。

笑着的男孩脸上挂着眼泪。

明晃晃的泪，折射太阳的光芒。

纯净，无邪。童年的味道。

天使在人间

这段时间一直很忙，很忙。每天，急匆匆而起，急匆匆而去。期末结束前的工作是黎明前的"黑暗"。"黑暗"里的我，心身俱乏。

"再不好好吃饭，就要敲你的手了……"饭桌上，我瞪着眼睛，大声对女儿训斥。人处于一种疲惫状态之下，难免容易着急上火。忘记轻言细语，忘记温柔诱导，一说话，火药味流泻。女儿的嘴角往下撇了撇，想了想，委屈地说："如果我将来有宝宝，我会对她说，宝贝乖，下次别这样了。"

下次别这样，下次别这样！女儿的话让我震撼。生活的烟火熏得我心浮气躁，忙忙碌碌做着一些没有意义的事。有多久，忽略了身边的她。聪明的孩子用自己充满智慧的语言提醒我要做一名有耐心的母亲。那一刻，我分明看到自己的粗糙与不安在羞愧行走。

都说老师的孩子最幸福。其实不然，很多老师在学校里对学生循循善诱，回到家却疲惫不堪，对着自己的孩子无心亦无力，再也拿不出上班时的激情与热情。不想和颜悦色，不想循循善诱，只把自己最真实的一面展现出来，让情绪全面释放。

时光，静好

"如果你爱我，就请你陪陪我，如果你爱我，就请你抱抱我，如果你爱我，就请你亲亲我……"晚饭后，女儿唱着歌曲眼巴巴望着我。这首歌是她从电视中新春联欢晚会里学来的。不具备音乐天赋的她，大年三十的当晚，仅仅听一次，就把歌词记个大概。那晚之后，这个曲子成了她的必杀技。每次，想找大人陪了，就眨着眼睛翻来覆去地念那几句歌词，直到我们同意为止。

"好，妈妈陪你玩吧！"我为自己吃饭时对她的训斥而感到内疚，决定好好陪陪她。"耶！"女儿欢呼而跳，她小小的身子在过道上幸福地蹦跶。齐耳的短发随着跃起的高度欢快舞动，一屋子的喜悦在飞舞。

"妈妈，我们玩石头、剪子、布吧！"女儿兴冲冲地提议。

"好啊，你想玩什么，妈妈都陪你！"看着女儿兴致勃勃的样子，决定把所有的事都放一放，专心地陪她好好玩。

"石头、剪刀、布！"随着喊叫的结束，我俩同时把手势摆出。

"哈哈，妈妈你输了哦，该怎么罚你呢？" 女儿得意扬扬地望着我笑。

"老规矩，愿赌服输，来吧，打手掌心！"我慷慨地伸出我的手。

"不，从今天开始，游戏规则改为赢的一方为输的一方按摩和敲背！"女儿转动眼珠，为自己的新创意而雀跃。话音刚落，女儿用小手，在我的肩胛骨轻轻揉捏。小孩的力道轻，一下又一下地拿捏，恰到好处，消除我颈部的酸疼，出乎意料的"惩罚"在孩子童稚的话语里，荡漾着满屋的亲情。

"我们再来，妈妈可不要再输了！"女儿跃跃欲试做好了准备，我开心地配合。一时，房间里，笑声跌宕，笑意飞扬。女儿笑眯的眼，好似天边的月牙，弯弯浅浅，闪闪烁烁。

"妈妈很累,很累,想躺着休息!"在小家伙忙前忙后的伺候下,倦意四处流窜。"哦,妈妈累了,我来照顾你吧!"女儿帮我盖好被子,小心地按好被角,又匆匆跑去书房拿了一本童话书开始讲故事。

书里的字好多不认识,她就自己编故事。每个小故事都表达了她心底的一个小愿望。她说,一个女孩叫甜甜,在幼儿园考试得了满分,回家的时候妈妈夸她是个好孩子。她说,一个小男孩叫楠楠,不小心打破了花瓶,他诚实地认错,妈妈笑着说下次别这样了。

……

故事的情节很简单,不过,真好听。每个故事都告诉我女儿内心深处的期盼,期盼得到妈妈的表扬和呵护。我终于懂得,围绕在耳际的童音,是天使的话语。越来越轻,越来越轻,睡意越来越浓,越来越浓。

在晚上六点多的时候,我居然让女儿哄睡着了。

这个晚上,我的孩子给我上了人生中重要的一课。她让我看到生活里真实的童话。天使在人间,她挥舞着快乐的翅膀把我推向幸福的门槛。

只是述说

知道妈妈为什么给你取名灿灿吗？

"灿"在字典里的解释是：光彩、明亮、耀眼，如阳光。妈妈深深地迷恋阳光，灿灿。沐浴阳光的谷物，晒过阳光的棉衣，都会有一种干净温暖的香味。每一个阳光灿烂的日子都是万物生长的节日。妈妈希望灿灿给别人温暖，给自己光泽，用认真、进取、努力来布施。心怀阳光，一路灿烂。加油呵，我的灿灿。

一

我要如何来述说，述说你的好，灿灿。

这个夏天，我们耳鬓厮磨。日子静好，只有我和你。我习惯了这样的安静，你的呼吸、我的呼吸缠绕，你的笑声我的笑声跌宕，你的肌肤我的肌肤相亲又相爱。灿灿呀灿灿，我多么欢喜这样的日子，只有我和你，只有我和你，我做饭烧菜，你弹琴写字。夜晚，我们相互依偎一起看书，一起写文章。

世间最美的事情，莫过于和最爱的人一起做着最喜欢的事情，不被打扰。灿灿，和你在一起的每一天都是上好的日子。

7月，太阳长着牙齿会咬人。你穿梭般地行走在补习班的路上。每天的每天，你在忙忙碌碌。每天的每天，你微笑努力。

你认真地学奥数。奥数很难，爸爸说这是当年他读高中的数学题目。奥数的考试很残酷，当晚学完就考试，成绩第二天就公布。分数各色各样，有十几分、二十几分的，有六七十分的，也有八九十分的。

灿灿，我的乖灿灿，你非常努力。你说，妈妈，即使我坐在最后面的位置，依然很认真，很认真地听。你说，妈妈，我把老师讲的公式都记下来了，考试的时候，我都用公式去做。你说，妈妈这次考不好，没有及格，不要紧吧……

当然，当然，我的灿灿。分数不重要，重要的是你已经努力了。妈妈心疼你的努力，妈妈更心疼你考不好时候的懊恼。每天傍晚，我们踩着夕阳去学习；每天晚上，我们穿过雨帘一起回家。

那几天，总下雨，灿灿。学校门口的车那么多，家长们撑的雨伞那么高，我努力踮起脚尖才看到小小的你。有时，你像一只欢乐的小鸟，朗朗地告诉我："今天只有一道题不会做。"有时，你脚步轻轻，附耳低语："今天好多道不会做。"灿灿，灿灿，你的欢喜你的担忧都在妈妈心里同步回响。我高兴着你的高兴，难过着你的难过。一遍又一遍地告诉，告诉你只要态度认真了就是妈妈心中的一百分。

你轻而易举地记住了，灿灿。这真是一件好事情。每个晚上，学完奥数，你乐呵呵地跟着我去"一鸣奶吧"。

我喜欢看你大口大口喝牛奶，大口大口吃蛋糕。这个时候的你，多么快乐，因为食物，你的天真布满喜悦的光泽。如果能变，我愿意变成此刻的牛奶，此刻的蛋糕，能被你珍惜且开心地一口一口吞咽，我也是心甘情愿的，灿灿。

二

我要如何来述说，述说你的好，灿灿。

你认真地学英语。每一位老师都夸你努力。秦老师说，灿灿是个非常乖巧的好学生，每一堂课都在倾听。王老师更是喜欢你喜欢得不得了。她拍了你的照片发了微信，不停地夸你聪明懂事……老师们的赞美，如花瓣，落英缤纷；我的微笑温柔如水，涟漪层层。灿灿，我的孩子，除了妈妈，还有那么多人喜欢你。我多么高兴，仿佛养了一盆花，忽然花开，得到众人的肯定。那些话语，带着缤纷的色彩抵达肺腑，灿灿，我的心，挂上彩虹。

那日，走廊里遇到王老师。王老师笑颜如花，惊喜地望着我，她问："今晚还有课？"她的脸上绽放真诚的惊喜。我笑着回答："还有一节秦老师的课呢。"王老师开心地跑开了，一边跑一边留下朗朗的话语，她说："我要去看看灿灿……"王老师跑得真快啊。她的裙摆还在摇曳，她的笑声还在荡漾，她的话语还留有温度，却，转身不见了。如一个天真的孩童，她，跑着去看你了，灿灿。

让我们铭记每一位给予你温暖的人吧，灿灿。感恩并感激，用最认真的学习态度，来报答每一位老师送给你的呵护。

三

你还要努力地练习古筝，灿灿。

这个7月，你有多么忙？你有条不紊地做好每一件事，妈妈多么为你骄傲。

古筝，六级。杨老师选了最难的一首。

灿灿，你说笨鸟先飞，你说节奏感不好，勤能补拙。

我的好灿灿。妈妈陪着你一小节、一小节地弹，一片断、一片断地练。你不厌其烦，努力记住。一拍半，两拍，上滑音，下滑音，刮奏，一点一点熟悉，一点一点顺畅。叮叮咚咚，叮叮咚咚。杨老师终于笑了，她说："灿灿进步真快呀！"

……

7月，已然过去。它永远留存在妈妈的心里，灿灿，你的努力，你的认真，你的天真，在绸缎一般的光阴上细细刻写纹路，每一道都嵌合在我的记忆深处，肌理镶嵌，密不可分。

光阴在前，我在后，灿灿。每天的每天，我都在细细收藏，收藏你的笑，你的泪，你的努力与进取。捡啊，拾呀，琳琅满怀，每一颗都是珍宝，灿灿……

每一朵花都有自己开放的季节

第一次见珂，四年前的春天，我从温州来到杭州，接手一个一年级的班。

开学的那一天，其他孩子都到齐，唯独珂来得迟，小小的一个人，大大的书包，踩着铃声进课堂。

同学们站起来向我问好，她也站着，和同龄的孩子相比，矮了一大截，心里愣了愣，想，这是幼儿园里的奶娃娃吧，怎么背着这么大的书包上小学了？

仅仅一节课的时间，她的位置，一溜儿东西长了脚似的跑出来。铅笔盒半开半闭悬桌沿；本子横七竖八洒地下；红领巾一截塞抽屉一截落外面；椅子的旁边横着一把二尺长的口风琴……

我帮她捡起这个，收拾好那个，一堂课的工夫，又和原来一模一样。

也曾和她说，女孩子要学会收拾，抽屉、桌面要整洁。她默默地听，神情紧张，巴掌大的小脸捣蒜似的，点个不停，一双明亮的眼，掩在半卷的睫毛之下，微微颤动，如同受惊的鹿。

却是不改的,从一年级到三年级,她喜欢撕纸屑儿,喜欢让自己的东西到处跑,丢铅笔、丢本子,常有的事。

上课呢?珂常常心不在焉,极少发言,也极少跟得上课堂节奏。写作业呢?珂是慢的,同学们三五分钟能完成,她要花上二十来分钟。

这样的珂,成绩不好,人缘也不好。

常常的,珂可怜巴巴地跑到我身边,她说:"胡老师,他们都不和我玩。"

她站着,一动不动地站着,嘴角微微下撇,眼睛含着泪,睫毛簌簌抖。有时,我改作业,一下子起不了身。她就固执地等待,嘴唇微动,轻轻嘀咕:"胡老师,他们都不和我玩。"

她的声音,细细的,颤颤微微,沾了露水的蜻蜓一般,翅翼儿一下又一下掠过我批改的作业本。我不得不丢下手头的事,带着她找玩伴。

我说,珂是班里的小妹妹,大家要爱护她,让着她,多和她玩。

同学们异口同声地说:"老师,珂不讲理,非要玩她喜欢的游戏,如果不同意,就打人。"

打人?我吃了一惊。在班里,珂长得最小,怎么可能打人?

我的质疑淹没在一阵又一阵的"讨伐声"中,夸张的男同学,激动的女同学,把珂的缺点数落了一遍。原来是真的,孤独的珂,得不到同伴的时候,以这样的方式宣泄不满。

这样的珂,没人喜欢。她隔离在热闹之外,一个人寂寞地飞翔。

珂又一次站在我身旁,寻求我的帮助,摸了摸她的小脑袋,牵着她的小手,忍不住地叹了口气。

当所有的孩子以八岁的年龄在奔跑,珂却停在六岁的世界踟蹰徘徊。

这样的孩子，做她的妈妈，该有多累？

珂的妈妈，小巧秀气的女子。说话又快又清晰，马尾在脑后一甩一甩。常常的，放学后，珂被数学老师留下补习，她和我说一两句珂的事，说着说着眼里含着泪。

——下班，我就盯着她写作业。动作非常慢，即使盯着，有时还完成不了。

——天天教她和同学好好相处，却总是做不到。

——买给她的学习用品，才一天就不见了。

……

埋怨归埋怨，这世上又有哪一个妈妈会放弃自己的孩子呢？

在妈妈的眼里，自家的孩子永远是手心里的宝，即使她和同龄的孩子相比，成长的步伐慢了许多。

珂是幸运的，她有一位耐心的好妈妈。从一年级到五年级，珂的家庭作业字迹工整，读、听、写、日记、阅读……样样认真，旁边还附有订正的痕迹，端端正正、一丝不苟。

每每翻看珂的家庭作业，总会思潮起伏，感慨万千。这样高质量的作业，珂在学校里是无法完成的。漂亮的家庭作业背后，珂的妈妈付出了什么？当她日日陪伴、默默引导、耐心鼓励的时候又以一颗怎样的心漫漫等待？

看到珂总会想起自己的女儿，同样是妈妈，将心比心，如何不感动？

那天，我拉着珂的手，对着全班同学说："如果珂改掉打人的坏习惯，大家都和她做朋友，可以吗？"

同学们响亮地回答："好！"

珂笑了，我也笑了。

我说："珂一天没打人，老师奖励她一朵小红花，指定一个人做她的朋友。两天表现好，再奖励一朵小红花，再指定一个朋友……"

珂的脸上漾出期待的神情，尖尖的下巴，微微点动，耳际的发丝轻轻飘过……

日子一天天过，冬天去了，春天来了。

校门口的泡桐花开得紫汪汪。那日，牵着珂的手，领着孩子们放学，猛然发现五年级的珂长高了不少，她的小腰板挺得直直，小马尾在脑后轻快地舞动，仿佛一棵蓬勃的小树……

恍然间，珂就长大了。

不知不觉，珂追上了同龄人的步伐，学会交往，学会倾听，学会了独立完成语文作业。在童话作文的比赛中，甚至获得了一等奖的好成绩……

前几天，语文测试，珂腼腆地对我说："胡老师，我这次考得不好，才86分。"

我拉过她的手，笑，已经很棒了呢，居然考了86分。

……

每一朵花都有自己开放的季节，在这个美丽的春天，珂的脸上带着浅浅的笑，穿过满地的落花，穿过满巷的清风，穿过细碎的夕阳，仿佛一朵盛开的花。

第四辑

那人，那事

深山里的梦

阿旺叔去了一趟省城,回来的那天,手里拿着一沓照片。照片里的阿旺叔神气极了,城里现代化的建筑衬托得他黑红的老脸容光焕发。

每个傍晚,阿旺叔蹲在村口的大榕树下,手拿一沓崭新的照片,整个人蹭蹭发亮。人们吃完饭,总爱在榕树下聚一聚,东家长,西家短,说说笑笑,以消磨时光。榕树下,俨然成了村里无形的"广播站",村庄大大小小的事情都从这涂满夕阳的叶片下一件件飞。

这几天播报新闻的,俨然是阿旺叔。去了城里的阿旺叔精神十足、红光满面,一米六的个头凭空蹿到一米七似的。脊背挺得直直,老眼发着光,舌头不时地舔着唇,只等人到齐了,一场滔滔不绝的演讲拉开序幕。他有声有色地讲解,一招一式丝毫不马虎。

"知道吗?这楼有三四十层那么高呢!"阿旺叔比画着青筋盘结的手,暗褐色的手镀着夕阳的金粉,在乡人吃惊的目光里划出一片又一片的光。

"你们看,这是动车,像不像子弹头?速度老快啦!"阿旺叔的口水喷出来了,洒得听众一脸一头,但是没人敢动,仿佛一动,那车子就会从照片里飞了出去。

"你们再看,这是城市的夜晚,灯光多得数不清,是不是很亮?"阿旺叔的声调拔高了,照片里的光亮射到他张开的大嘴里。

"哎呀,城里人晚上不睡觉?这么多的灯比白天还亮堂,得费多少电?"对着长河一样的灯光,阿婶提出了自己的疑问。

"嗤!"阿旺叔笑了,笑得很有意味,"说你没见过世面,你还别不高兴。城里人那叫夜生活,哪里像我们庄稼汉,天一黑,眼一闭,搂着婆娘就去睡。"

"哈哈哈……"大家轰的一声笑了,笑得老榕树簌簌抖。

阿婶在大家的笑声里瑟缩了一下,悻悻的,蔫蔫的,心里空落落的。

阿婶是大山深处的阿婶,长在深山,活在深山,一辈子从没离开深山。深山于阿婶来说,是日复一日的存在。深山的安静,流淌在阿婶的血液里。她像一株牢牢攀长的植物,从大山深处发芽、成长、落叶、衰败。每一个步骤都是既定的程序,没有怀疑,没有异议。

因为阿旺叔,这个平日里蔫蔫的男人对她的嘲笑,一辈子没有梦想的阿婶,忽然有了一个强烈的愿望,她想去山外的城市看一看。这个愿望张开扑腾的翅膀,"啪啦啦"挥动,扯着阿婶的心像泡在雨水中的种子,铆足了劲儿长。

世界那么大,想去外面看一看。简单的一件事,对阿婶来说,却是一件天大的难事。早年丧夫,无儿无女,大字不识一个,如何才能走出去?阿婶摸了摸床底下包得严严实实的几百块钱,愁眉苦脸,纵使有钱,也难成行。

"唉!"阿婶重重地叹了口气。盘在她脚边的猫儿"喵"的一声,亦是对她叹了一口气。

说来也巧，阿婶的侄女燕子从北京回来了。

燕子，阿婶堂兄的女儿。说是侄女，也是隔了枝，隔了叶的。几年前，燕子到了京城，寻了一份保姆的工作。虽说只是人家的保姆，去了大城市的燕子到底还是不一样。她的衣裳奇特阔新，肤色日渐莹白，最大的变化是说话的口音，一口卷舌说得地道至极，仿佛土生土长的北京人。

阿婶提着一篮子的鸡蛋，小心翼翼地来探望她。

"哟，婶，你说你，来就来呗，怎么还捎鸡蛋呢？"燕子的声音甜脆脆，笑容抹了蜜一般。说着笑着，伸出的手不客气地接过一篮子鸡蛋。

阿婶站在簇新的燕子前，搓了搓手，扯了扯衣角，又舔了舔口唇，轻轻地问："燕子，北京城啥样呢？是不是很漂亮？"

"北京城嘛，天子脚下，你说美不美？天安门广场、八达岭长城、故宫、颐和园……"燕子的声音是一股甜甜的水流，阿婶淹没在这样的水流里，眼里的憧憬，熠熠生辉。

末了，她也就那么随意地一说："婶，明年国庆节，我接你过去瞧瞧，那段时间的天安门可好看了。"

"好，好！当然是好的！"阿婶脸上笑开了花。她慎重地把侄女的话藏起来，仿佛那是一颗糖，苦了，累了，拿出来舔几口，日子有滋有味，有奔头。

北京城，多么了不起的景观。阿婶想象不出来，那样的热闹有多隆重，一想到她也可以拿着照片给其他乡人看，尤其是可以在阿旺叔面前撑场面，她的笑就止不住了。

175

"啪！"阿婶笑盈盈地撕下一张日历，她把撕下的日历一张张收藏。每一张日历都是梦想的脚印，一张日历一个脚印，阿婶知道自己离梦想又近了一步。

8月过去了，日子一天天变得清晰起来了。

从不在意外表的她，甚至反反复复洗涤那件结婚时色彩鲜艳的衣。她想象着自己站在大城市里，天安门前人来人往……

衣裳备好了，鸡蛋备好了，蔬菜瓜果乖乖地装在蛇皮袋里。阿婶在村人们的注视之下幸福地收拾着东西。盼望像一罐蜜，甜得骄人。

"哟，婶，您这是要出远门哪？收拾了这么多东西？"人看一回，便问一回。

"是啊，是啊，我侄女儿说要带我去北京城瞧瞧呢！"她的脸上掩饰不住的喜气洋洋。

"侄女儿真孝顺啊，婶儿可真有福气呀！"人们的回答，是一朵花开，在阿婶的心里，蔓延成一幅美妙的图。画面中，侄女儿拉着她的手，天安门前开心地笑……

10月很快来了，阿婶的心慌慌的，仿佛要见久别的情人，又仿佛要披着嫁衣远行。她紧张羞涩、忐忑不安，站在山外的路口，翘首期待。

她期待侄女儿山花一样的笑容，跃入她的眼帘。

可是，路依然是路，风还是风，侄女儿没有出现。

10月变得煎熬起来，一如天上的太阳，烈烈地刺入人的眼。

阿婶的眼被阳光灼得直流泪，可是她还是不放弃，执着地在路口张望着。

一日一日盼望，一日一日期待，10月过去了，侄女儿却始终没有出现。

10月成了一根梗在喉头的鸡肋,戳得阿婶心里疼。

她还是忍不住给侄女儿拨打了电话。

"喂,囡,是你不?"

"啊,你谁啊?"

"你的婶啊!"

"婶,啥事啊?"

"你说要接我去北京城玩几天的啊,国庆节啊!"

"啊,国庆?早已经过去了。我最近忙,婶,以后再说吧!"

……

月亮真凉啊!侄女的话干瘪瘪的,失去了往日的甜蜜,一句一句散满冰凉的河。

把那个念头掐灭吧,阿婶这么想着,站起来的身子摇晃起来。

仿佛从心里掏出一块肉,那么疼。

丁香一样的姑娘

读着戴望舒的《雨巷》,脑海里浮现她的身影,细细的眉毛,明亮的眼睛,白白的皮肤,乌黑闪亮的头发……像一朵盛开的丁香花,清雅的气质,举手投足,一颦一笑,温柔典雅。

她有一双巧手,被子叠得有棱有角,床单铺得平平整整,桌面擦得干干净净。她能写清逸俊秀的字;会画灵气逼人的美术作品;会写清雅美丽的小文章……

爱干净是她的天性,她的东西井井有条、一尘不染。她身上有一股淡淡的清香,许是香皂的味道,许是洗发水的味道,许是少女特有的体香。香味干净自然,若有若无,衬着她的人,雅致灵秀。

最喜欢她的发,黑黑直直,闪闪发亮。阳光下,马尾轻甩,一摇一晃,青春在跳跃。最爱看她刚洗完头的样,发丝随意,如瀑洒下,侧身,一肩的发,"唰"地滑到胸前,乌黑的云朵衬着白皙的脸,恬静美丽。

她的衣服件件好看。多年以后,我还能鲜明地回忆。一件领口缀满白花的绿色夏装,松松垮垮,向下扩展,层层叠叠,犹如碧绿的叶,一动,漾起层层纹。她穿上恰似清丽的荷。一件橘黄的裙子,盘着精美的花,绸缎的裙摆外,轻纱一层。她穿上,像天边飘来的云。

她乐于帮助别人,同学提出的要求,只要能办到,都会答应。她是那么贞静可人,浑身上下的高雅让人自惭形秽。好多次,和她说话我都有张口结舌之感,大气不敢出,怕一出气,将雪一样的她给化了。

她喜欢安静,靠着、倚着,或端坐着,并不言语。时常,寝室里欢声笑语,只静静地听,偶尔,同寝室的人聊到兴致处,她抿着唇,微微一笑。那笑,一闪而逝,丁香花一般,细细密密,轻若云朵。她也说话,轻轻地,细细地,慢慢地,吐出的字仿佛含着香。人到她面前,不由地收敛屏息,也学着她清清淡淡地说话。怕稍大的声,惊扰她梦一般的笑。

班里有位文采很好的男生喜欢她,送给她的第一首情诗便是戴望舒的《雨巷》。我们都觉得这个男孩懂她,只有她么好的女孩才配得上这样美的诗。

师范毕业了,各奔东西。

一年又一年,总会听到她恋爱不顺的消息。安静内敛的她,藏着波澜一样的深情。期间她会给我打电话,那时的我,懵懵懂懂,心不在焉。我说:"不要伤心了,不要难过了,没什么了不起的,忘记就是了。"我对情感向来理智,又岂能真正理解她内心的苦。她的敏感细腻、多情浪漫,注定,情路之上多跌宕。

又过了很多年,她终于结婚了。那年,她三十岁,五个月的身孕。那天的她,光彩照人,韩式的麻花辫层层交织,松松垮垮地垂到脑后,精致的小花镶嵌其间,不禁让人赞叹:好美的新娘!

那个我曾想象了无数次的幸运男子,高高的,瘦瘦的。站在美丽如花的她面前，有一点点拘谨。

时间一年一年地流逝。

当年的同学，鲜有联系。无意间给她打了个电话，声音略显疲惫，其间咳嗽不止。原来，她身体的状况很不好，腰椎、颈椎长期病痛，脚的关节患上了滑膜炎。她说，不能正常行走，不能长时间久坐，甚至不能长时间说话。

生活给予她这么多的风雨？柔弱的她能承受吗？很长的时间，我在担心她，一想到她不能自如行走，心，隐隐地疼。

她到底是坚强的，看病、吃药、读书、锻炼，将日子一点点理顺。去年，同学会见到她，依然年轻，依然美丽，依然安静。她的腿能慢慢行走，她笑着说："好多了，都会过去的。"

好多了，都会过去的。我喜欢她说这话时的样子，白皙的脸庞，笑容微微，仿佛多年之前的丁香花，洁白如云，有香气隐隐袭来。

他呀，他……

小时候的他，顽劣不堪，就像一棵长在野外的树，枝条乱扫，叶片胡挂，毫无章法。

母亲气得不行，牙齿咬得咯吱响："别让我抓到，否则一顿好打！"她拿着竹条子在后面追，他像泥鳅一样在前面钻，鸡飞狗跳，这是常有的事。

母亲一边找，一边骂，竹条子捏得簌簌抖。他才不管这些，树枝上摘果子，柴房后烤土豆，田里偷地瓜……母亲总有办法找到他，右手揪住耳根子，左手挥着小竹枝，"啪啪啪"一阵抽，他歪着头，龇牙咧嘴，不害臊地喊："轻点，哎哟，轻点！"

我讨厌他嬉皮笑脸的模样，冷冷地提醒："妈，再重一点！要不记不住！"母亲的手下大力了，他的身子一下子矮了半截，嘴角差点抽到鼻梁上。

谁让他这么顽皮？该！

打着、骂着，他也就大了。我和姐姐都考上了师范，独独他，不好好学习，混了个金华汽校。毕业了，他依然过一天算一天，喜欢打牌，喜欢麻将。他的赌友很是佩服他，说他脑子聪明，过目不忘，谁的手里有什么牌，眼睛一眯，就猜出来。聪明？我以为这是一个笑话，嘴角一沉，扭头就走。

每次打牌输了，他就想法子借我的钱。

"妹妹，好妹妹，亲妹妹，给哥一点钱，明儿一准还！"他把自己笑成一朵牡丹，抖着黄红的花粉往你身上靠往你身上撞。千防，万防，家贼难防，明明是陷阱，我还是次次中招！气死个人！

借出去的钱，泼出去的水。他的诺言，永远是水里的月亮，看得见，摸不着。所有的人，都对他表示失望。好吃懒做、游手好闲、眼高手低……不管什么样的贬义词往他身上一安，量身定做似的。

他呢？无痛无痒，没心没肺，继续晃荡着，过一天算一天。

母亲急了，偷偷托了亲戚，想给他寻个司机的工作。亲戚一听，头儿摇成拨浪鼓，那神情，如同躲瘟疫。母亲不死心，央求外祖母去说人情。外祖母豁出一张老脸求了人家大半天。亲戚还是不答应。

亲戚是我家表叔，某个局的局长，按理说，为他谋个司机的职务，轻而易举。可亲戚说了，司机这活，得找个像人样的来做。就他？指不定会闯啥祸呢！

母亲怔在那儿，半天没吭声。这回，他倒是不再嬉皮笑脸了，默默地挨着母亲，做了错事一般，眼睛一闪一闪，水雾蒙蒙的，那是眼泪？但愿我没看错。

后来，他闹着要去义乌做生意。

没人指望他能挣多少钱。大家都认为有个事情能套住他，比野马一样四处逛荡都来得强。没想到，他却认认真真地做事了，咨询、下单、联系厂家、寻找货源，一丝不苟，一样不差。

当年年底，有人告诉我："你哥要开着轿车回家过年了。"

我"喊"的一声，当是听了个笑话，眼都不斜，直直飘过。

没想到，过年的时候，他真的捣鼓了一辆轿车，八面威风地开回来。20世纪90年代末，在乡镇，有辆车，还是蛮稀奇的。左邻右舍看着亮闪闪的车子，啧啧称赞。未曾想到，脸皮厚得子弹都穿不过的他，居然脸红了。

后来的后来，一切都顺其自然了，当年那棵长得乱蓬蓬的野树，忽然呈现出笔直的线条来。枝是枝，叶是叶，葱葱郁郁的样子。

那次逛超市，地面有点滑，一行人都在前面走。他忽然转过身来，走到母亲跟前说："妈，地面湿，我来牵着你。"低眉顺眼的模样，竟让人想到温柔一词。母亲乖乖地伸出手，紧紧地跟着他。这情景，就像大人带小孩。

习惯了母亲和他一见面就吵嘴的情形。忽然之间，两人静悄悄偃旗息鼓了，还握手言和了。一时之间，让人觉得那些鸡飞狗跳的日子，电影镜头一般，倏地过去了。真实，只是眼前他拉住母亲的那只手。

我一直记恨他骗我的钱，不愿拿正眼瞧他，直至前几个月，才加他的微信。

他发的信息极少。仅有的两条都是关于母亲的。

他写着："奶奶去世，出殡。妈妈看到父亲的坟，哭成泪人，我的心扯碎了一般。"

他还写着："平时总是会顶嘴，听着周杰伦的《听妈妈的话》，心里后悔万分，妈妈，原谅我！"

有那么一瞬间，我愣住了。我以为这么肉麻的话，一个大男人不会说。没想到，他不仅说了，还在朋友圈分享了。我想抓住机会狠狠地笑他一次，不知为什么，还没笑出来，眼泪却先跑出来了。

年少，每每与他交锋，我总占上风。他的朋友都知道他有个刁蛮小妹，他忌惮我，更甚于我妈。在他面前，我是一只张牙舞爪的大公鸡，他呢，在我的"铁爪"之下，不出三招，败得落花流水。

可是，这一次，还未交锋，我觉得自己输了。

不仅输了，还一败涂地。

暑假，接到他的电话："妹妹，我在韩国旅游，大家都买化妆品，不要钱似的，要什么，我也给你带……"

"买什么化妆品，你一个大老爷们和一群女人挤柜台，也不嫌碜得慌！"我拉着一张脸，却压不住嘴角的笑。

"韩国面膜好，给你选一些……"不容我拒绝，他挂了电话。我嘴里有句话还没说，我想说："你一个汽校毕业生，看得懂韩文吗？"

他果然是不懂的，红红白白、各色各样全都买了，整整三大包。

抱着他为我买的面膜，不由得想起小时候。

小时候，我六岁，他九岁，父亲去世刚一年。

学校操场有卖米花棒的。一根又一根的米花棒，圆滚滚、长溜溜，长了手似的，将我死死拽住！我很没志气地投降了。眼睛移不动了，脚也移不动了。

我就那么站着，一动不动地站着，像根柱子似地站着。

他来了，满头大汗地跑来。

"咋不回家？"他问。

我指了指小贩担子上的米花棒。他挠了挠头，说："我想办法。"

他能什么办法呢？还不是和我一样，穷光蛋一个！我眼巴巴地瞅着米花棒，长长地叹口气。

他呀，他……

没想到，这个没皮没脸的人，竟然还真想到了办法。他腆着笑脸向人家要。他说："给我赊一根吧，明儿，保准还钱。"

也不知是我化石一般的站姿使商贩动了恻隐之心，还是他的确巧舌如簧说动了人。总之，当他举着一根雪白的米花棒递给我的时候，我三下两下就啃了个精光，像猪八戒吃人参果似的。

我心满意足地抬起头，发现他正盯着我看，他说："慢点，别噎着。等有钱了，给你买一屋子的米花棒！"

吹牛！谁信！

现在，我想起这事，忍不住地给他挂了电话："哥，小时候你说要给我买一屋子的米花棒，如何改成了一大袋的面膜啦？"

"哥？你终于喊我哥啦！"电话里，他大呼小叫，中奖了一般。

近几年，村里先后耸起许多新房，红砖青瓦，齐整的模样。母亲看着眼馋，时不时地露出羡慕的神情。

他竟懂得母亲的心思，不待她开口，兀自忙开了。

推倒老屋，重新建造，整整花了三年。

装修的时候，他丢掉义乌的生意，在老家整整待了半年。每日里灰头土脸如一只耗子，小到一颗螺丝钉，大到壁橱门窗，他都要一一过目。

有人说，他为了选房间的墙纸，趴在店铺的地上，整整斟酌了三天。还有人说，为了把上千颗珠子装在大吊灯上，他的手都磨破了皮。

我听了，并不同情，跺了跺脚，说："疯了！"

这房，平时没人住，也就过年的时候，兄弟姐妹聚一起住个十来天。他竟然丢掉半年的生意，再拿个百来万"砸"装修，这不是疯了是什么？

大房子高六层，欧式的装修，乳黄的外墙。漂亮，果然漂亮。人说不止这个村，只怕整个县，都找不到第二家了。

他乐滋滋地拉着我的手，说要给我一个惊喜。

淡紫的床，淡紫的纱帘，淡紫的被套……他一阵风似地把我拽进一个漂亮的房间。"这个公主房给你，有阳台，有卫生间，还有你喜欢的淡紫色……"末了，他舔了舔嘴唇，讨好地问，"是不是很好看，我记得你小时候一直想要一个这样的房间！"

我都三十好几了，他居然说要给我一个公主房？

我想骂他一句神经病的，不知为什么，话到嘴边了，又一个字、一个字地咽下了。

搬家那天，母亲请了全村的人。大大小小十几桌流水席，来来往往的人穿梭赞叹……母亲的脸，闪闪发光，笑容挂在脸上，整整一天，掉不下来。

他瞧着开心，使劲地饮了好几杯，咋着舌头说："只要咱妈……咱妈……高兴！高兴！"

我心疼他的钱，闭着嘴，不夸一句好。

他却梗起了脖子朝我吼："你懂什么，啥都不懂！"

那倔强的模样和小时候如出一辙。

倔 老 张

熟悉老张的人都晓得他的脾性。话不多，人老实，憨厚本分如榆木疙瘩，跺几脚也留不下印。可这老张有个"倔"脾气，但凡认定的事，九头牛也拉不回来。

这不，老张的倔脾气又"犯"了，他说要去县城盘下一家店面，开面馆。

邻里乡亲都来劝说，大家的意思都很明白，做生意要审时度势，要一点点"奸诈狡猾"，还要来点"狠劲"。而这些，庄稼汉老张啥都不靠边。他木讷、死心眼、老实巴交，怎么看都不像会做生意的人。

"还是算了吧，守着几亩田，虽不至于大富大贵，可也饿不死呀！"乡亲们语重心长地说道。

老张不吱声，沉默如钟。

春天的蜀葵"倔"得很，遇到阳光就发芽，钻出泥土就开花。在蜀葵开得漫天盖地的时候，老张一意孤行地去了县城。

犟，真是犟！人们说老张也说蜀葵。

县城很大，纵横交错的路，来来往往的车。兜里没几个钱的老张，想在县城寻店铺有点大海捞针的意思。好在，店铺有远近优劣之分，老张挨家挨户地问，愣是找了间最便宜的。

小小的店铺，藏在九曲十八弯的小巷深处。窄窄的巷子，鸭肠子似的；斑驳的墙壁，印象画一般。一溜的矮房，高高低低、黑黑旧旧，地点偏得很，可老张欢天喜地地接受了。木质桌椅、粗瓷大碗、二手的煤气灶子，一块简易的木板上用粉笔头歪歪扭扭写着几个字——"老张拉面馆"，放了几串鞭炮，算是开了张。

店铺一开张，老张就忙开了。

天麻蒙蒙亮，他就骑着一辆破三轮车，叮叮当当地出发。光是买面粉就走了四五家，不白的不要，有杂质的不要，放置时间太长的也不要。老张只看上那种又白又细又腻的面粉。配料呢，他来到菜市场一家家地比较。三层肉必须最新鲜，小白菜买挂着泥、淌着露的，豆芽要选短短肥肥刚冒出尖的……琐事一件件，老张做起来，一板一眼，丝毫不马虎。

按老张的话说，面粉不好，拉出来的面没嚼头；配料不丰盛，端上来的面色就没看头。

和面、醒面、溜条、拉面，老张更是一丝不苟。尤其是"溜条"，大团的软面在老张的手中揉、压、按、挪、旋、摔、打，虎虎生气。案板"啪啪"响，膀子上的肌肉一收一缩，拳头一进一出，面团一摔一打，招招式式，精准十足。一会儿工夫，一团面筋在老张的手里顺得服服帖帖、光光溜溜。

汤沸了，要拉面了，只见他手握两端，两臂"唰"地往外一拉，力道顺着面条，"嗖"地延伸，对折，再往两边拉，如此反复。一根面，竟被老张拉成十几道，线绳一般，上下层叠，韧劲十足。"噗"的一声,面条丢进沸水里,"噗"一声,青菜丢进锅里了,最后浇上蛋花、青葱、绿芫荽。老张瞅准时机,把锅子一把拎起,"哗"的一下,倒进准备好的大碗里。

不多不少,刚刚一大碗。这真是一个很大、很大的碗,小脸盆似的,一低头,仿佛脸蛋儿也能盛得下。细看老张的面,实在很有瞧头。面是面,汤是汤,没有一丝拖泥带水。长长的面条,白溜溜、圆滚滚、香喷喷,劲道十足。

刚开张那阵子,吃客稀少。因为偏僻,三三两两的顾客,冬天的树叶一般,稀稀拉拉的。小小的店铺显得空荡荡,有风吹来,在店铺里"哧溜"逛一圈,毫不费力地转圜而去。

不过,凡是吃过老张的面,都直嚷过瘾。老张亲眼见着吃客们一筷子面条往嘴里送,"哧溜"一声吸到口腔里,"吧嗒、吧嗒"嚼得摇头换脑的。更有甚者,吃完深深地闭上了眼,做出回味无穷的陶醉样。一大碗下肚,意犹未尽,摸着圆鼓鼓的肚,满意说道:"这拉面真'犟'!力道十足,好吃得很!"

每每这时,老张就会微微地笑着。抻面条的手更有力气了,一把长长的面条自如翻飞,长出了翅膀似的,越拉越韧,越拉越细,怎么拉,也不断。

日子一天天过,县城里的人们依然上班、下班、上馆子、练身子。刘家大妈在体校大操场练倒走的时候,对王家大爷说起了老张的面馆:"听说小巷深处的面馆味道一绝,王大爷,改日尝尝去呗!"王家大爷这就记心上了。西装笔挺的上班族也说开了:"知道吗?小巷的老张面店,听说好吃得不得了啊!"

这县城就是个小县城,一点点小道消息一阵风似的刮过,角角落落都晓得了。

经过一段时间，老张的生意竟慢慢地好起来了。店门口等待的人一长溜，踩三轮的车夫、背着书包的小伢子、妆容精致的时髦女郎……各色各样，很是热闹。有的说，绕了很远的路；有的说，可惜环境差了点；还有的说，等的时间长了些。小小的店铺，话语翻飞，老张还是不慌不忙，一丝不苟。人等急了，就催促："老板，快一点啊！"老张嘿嘿一笑，说："慢工出细活，快了，味道就差了。"这顾客只好等着，且心甘情愿地等着。

就这样，老张准备的面不到下午两点就早早卖完了。卖完面的老张，关了铺子，坚决不再多做。人都好奇，问："有生意为何不再做，为何？"老张微微一笑，说："做人不能贪心，要留有余地。"

老张说的"留有余地"是顾虑到其他的面店。对门老李的面店生意大不如从前了，常常愁眉紧锁，老张都明白的。做生意，要厚道，对顾客，对同行，都要厚道。

一些顾客实在想吃得紧，央求老张多做一些，老张的倔脾气上来，"唰"的一声拉下门帘子，说："明儿请早吧！"

人摇摇头，直说有钱不赚，是傻瓜，可老张就是这样，该怎么着，就怎么着。

当老张拿出第一笔存款回乡的时候，左邻右舍的眼珠子瞪得灯泡似的，大家纷纷询问老张做生意的秘诀，老张的脸"腾"一下就红了，他搓着双手，憨憨地说："哪有什么秘诀啊，只是老老实实做事，实实在在做人而已！"普普通通的一句话，听得人若有所思。

老张把那笔存款一分不差地送到了村里的小学。

村里的小学，改装于多年以前的祠堂，四面透风，破烂不堪。娃娃

倔 老 张

们坐在这样的教室上课常常冻得双手通红、双脚僵硬，鼻涕在脸上爬上爬下。小学校，本来也有两个老师，后来瞅着条件太差，来了又走，现在只剩下一个人——老葛，既当教师又当校长，到了要退休的年龄，因为无人接替，硬是留了下来。

此刻，老张把那叠辛苦挣来的钱，一分不剩地交给了老校长。

老校长感动得说不出话来，一头白发烁烁发亮。

就在人们都以为老张会在县城里继续开面店的时候，老张又做出了所有人意想不到的决定：他居然关了店铺，回家继续伺候那两亩庄稼了。

"这算啥子事啊！"所有的人都觉得不可思议，又有几个邻居围着老张劝说了，大家你一言我一语很是激动，都觉得这老张疯了，把明摆着到手的钱往外推。

老张不言不语，沉默如钟，拎起一把锄头下田去了。

"倔，真是倔！"村人在老张的背后指指点点、议论纷纷，他们觉得这老张的"倔"越发深奥了，让人捉摸不透。

田地里泥土芳香，一片绵延的绿，郁郁葱葱。

倔老张咧嘴一笑，拿起锄头一把刨下去，新鲜的泥土翻卷着春天的气息。

开心厨娘

家门口有个饭馆，小门小面，不引人注意。店门前的梧桐树长得好，青枝阔叶，高大挺拔。望一眼，再望一眼，也就看到几个字，若隐若现，却是小饭馆的名——"开心厨娘"。阳光下，"开心厨娘"这几个字，沾了金粉一般，念着，念着，有温暖泛过，便忍不住迈了进去。

刚进店，一个愉悦的声音耳边响起。只见，一位五十岁开外略微发福的女人对点菜的客人说："先生，您点的荤菜太多，对身体不好。去掉一样荤的，加一样青菜，好吗？"不疾不徐的声音透着亲切，让人想起老家的外祖母，她也这样说话，句句透着暖，有让人无法拒绝的和煦。

怎么会有店家劝顾客点青菜？这真是头一遭听说。想自己也常去饭馆吃饭，每到一家店，无一例外，客人点的菜越多、越贵，老板脸上的笑容越是甜。刚才耳畔传来的话，着实让我吃一惊。这人是谁？窗外梧桐树上的阳光，斑斑点点，投下无数疑点，不由侧目看了看，一转眼，却撞进女人的笑容里，阳光一般。

找了位置，坐下，随手翻了翻菜单，匆匆点了四个菜。没想到服务员说的第一句话便是："你只有两个人，四个菜太多了，会浪费哦！"不禁瞠目结舌，这真是一家奇怪的店？从来没有遇到这样的事。在她的劝说下，我去掉了其中的一样。

趁着等菜的空档，打量了一下这家饭馆。小小饭馆，窗明几净。几张木质的桌椅，整洁有序。店里的几个服务员忙碌穿梭，轻声细语，长得不算漂亮，年龄也偏大，却因为这时时溢出的微笑，一个个竟也显出温柔的模样来。

一边的墙被各色心形纸片覆盖。一张纸片，一个"哈"，五颜六色的"哈哈哈哈哈"，花朵一般贴满墙壁。每个"哈"字有嘴巴有眼睛，仿佛是一张张笑脸，亲切和暖。另一面墙贴着一张张颜色淡雅的爱心卡，一排又一排，整面墙犹如春天的草原"噗""噗"开着花。走近细看，每朵"花"上还写满密密的留言，都是顾客们给老板娘随手留下的。不同的字迹，不同的话语，却表达了一致的温暖，一样的感动。

等待的过程，有点漫长。小丫头明显不耐烦，她嘟着嘴唇，满脸不悦。一抬头，电视机的转角挂着一个可爱的小熊，小熊的右侧贴着一句话：因为每份菜都是现炒，速度有点慢，您要有耐心哦！不禁莞尔，指着小熊和字，叫丫头读一读。丫头乐得咯咯笑。

上菜了，家常的模样，干干净净，赏心悦目，难得的是味道。在这个重口味的城市里，居然有如此清淡雅致的小菜。我吃得很香，仿佛回到多年之前的小村庄，外祖母用灶火把简单的豆腐炸成金黄的小方块，把寻常的竹笋烹成脆口的细长条。有一刹那，时光穿越而去，忘了自己身在何处。

丫头吃饭向来散漫，吃着，吃着，就玩开了。我无奈地操起汤勺，一口一口喂。女人过来了，温和慈祥的暖意在笑容里盛开。

"小姑娘，你猜猜该叫我什么？"女人蹲下身子，笑眯眯地问丫头。

"阿姨！"丫头想也不想地说。

"不对，不对，现在再看看我！"女人变魔术一般从身后的口袋里掏出眼镜戴上。

"阿婆！"丫头改口。

"小姑娘，真聪明。这么大的人了要自己学会吃饭哦。"女人继续和丫头聊天，"你要是自己吃饭，阿婆送你一只小熊！"

"谢谢阿婆！我知道了！"丫头瞪着女人手里精致的小熊，一口应下。女人和丫头的交流，好比一幅画，陷在这份忽然而至的融洽里，不敢说一句话，只怕一出声，就破坏了那份温馨。丫头大口大口吃饭，女人的笑意更浓了，脸上的细纹舒展，一尾尾生动的鱼。

女人在不同的饭桌前穿梭，一会儿劝说这边的顾客少吃荤腥，一会询问那边的顾客味道如何？小小饭店，菜香语欢，一场快乐的聚会。因了女人，客人们吃得津津有味、其乐融融。

后来，知道了。这个女人就是这家饭馆的老板娘，大家都喊她"开心厨娘"。

离开的时候，女人送丫头一只小布熊，还有一块自制的肥皂。女人说，他们把煎带鱼剩下的油全部用来做肥皂。他们的店，每天的油都是新鲜的。

抬头，青葱的梧桐下，朴朴素素的一家小店。"开心厨娘"几个字在青的枝、阔的叶下，寻寻常常。可是，却分明有什么不一样了。家的温馨，在这里出现过。

我想，下次，还会再来的。

罗 罗

一

罗罗是我的一次遇见,在呼伦贝尔大草原。

"不想坐船,不是因为心疼钱,只是不想把时间浪费在自己不喜欢的事情上。"她说。导游带我们去额尔纳河坐船,一车的人都同意。唯有罗罗,说着和别人不一样的话。

那个时候谁也不认识谁。散团,团友来自全国各地。罗罗戴着一副大大的墨镜,站在风中,风吹过脸颊的丝巾,丝巾在脑后如展翅的蝶,硕大飞舞。看不清楚她的表情,因为丝巾,因为墨镜,也因为风。只觉得,阳光下,一个女子如一个谜团,或是一截突出的例外。她站在风中,以不一样的姿势。

几乎所有的人都去额尔纳河。夕阳投影,水光潋滟,河的那一边,俄罗斯村落的异域风情,妙不可言。

而罗罗,一个人在河边漫步。风推着她的背影,渐行渐远。一个人思考，一个人漫步，一个人赏景。风是硕大的，揽她入怀，她的背影越发小，小成没有分量的轻。那个傍晚，整条的河，所有的风，以及全部的寂寞，都是罗罗的。她在自己的世界，无人能打扰。

见过揭开丝巾的罗罗。满脸青春痘，密密麻麻。

然，并不以为意，她说："工作压力太大，总是失眠……"说完，"眠"字的尾音高高甩出去，潇洒、豪放、不介意。

原来，罗罗曾是幼儿园教师。父亲去世，家庭陷入困境。为了妈妈、弟弟们，罗罗决然辞去稳定的工作，去了一个药品公司。不出几年，罗罗以出色的能力崭露头角。现在，已然是公司的一个小主管。

"一年可以赚四五十万吧。"罗罗说，"这些钱，一部分给妈妈，一部给弟弟们，还有一部分给自己。"

"我这次是偷偷跑出来的，工作压力太大，缓解一下。"罗罗对我俏皮地眨眨眼。说完，转了个方向，一个人走在草原的一边，安静地坐下。

一些野花、野草包围着罗罗。草原上，落日的余晖洒在罗罗的脸上，镀上一层金色的粉，细细的绒毛一般。

车在草原行驶，稳稳地，如同游行的--尾鱼。车窗外，一望无垠的草浪起伏不定。"呀，我的水壶落在船上了。"谁会注意，团队里老哥哥心疼的表情，不舍的自言自语。

老哥哥，四川人，六十岁上下，因为年龄大，一车的人都叫他老哥哥。

"服务区到了，大家都下去吧。吹吹风，唱唱歌。"导游又开始幽默了。

大家嘻嘻哈哈地"吹风唱歌"去了。罗罗也下去了，上来的时候，拎着一大袋的东西。

"给,老哥哥,这是我给你新买的水壶。"出其不意,罗罗递出一个崭新的水壶,送到老哥哥面前。

老哥哥笑了,些许腼腆,些许感激,轻轻地说:"这怎么好意思呢?"脸上皱纹舒展,那笑意,仿佛风吹草原的荡漾。

罗罗也笑了,露出雪白的牙齿,说:"不要客气,水杯丢了就丢了,莫难过了,你看,新的不来了吗?"

罗罗的声音,清脆爽朗,如阳光,明媚温暖。顺着声音,侧目,再侧目,发现这个女子,浓眉大眼,笑起来真美。

"我还买了很多零食,大家一起来吃啊!"罗罗爽朗豪气的话语又从我的头顶上掠过,如一只伶俐俊俏的鸟,盈盈地,让人心动。

话音未落,罗罗已经拎着一袋零食,车里的大人、小孩逐个分过去。我也分到一份,甜甜的柚子,咬一口,饱满的汁液,四处蔓延。一车的人,因为罗罗,熟悉融洽,短短几分钟,仿佛认识了好几年。

二

草原之旅结束了,带回花黄草绿的记忆,以及罗罗的微信。罗罗喜欢微信,朋友圈的照片天天更新,微信里的罗罗温暖阳光。出差、旅游、工作、休闲、美食……罗罗事无巨细地晒在微信上。

发得最多的是妈妈,罗罗的妈妈,一个普通的农妇,罗罗反反复复"晾晒"。妈妈给罗罗带来老家的青菜,帮罗罗整理房间,为罗罗烧了一桌子的好菜。每个妈妈都会为孩子做的事,罗罗一一记录。

而罗罗呢？工作之余带妈妈去旅游，带妈妈买衣裳，带着妈妈锻炼身体。最重要的是，罗罗赚了许许多多的钱，为乡下的妈妈盖了一幢大大的房。

房子很大，也很美。从选材到建造，再到装潢，罗罗一一在微信里展示。房子建成的那一天，罗罗和妈妈在新房前留影，两层的小洋房，如童话中的小红屋。

……

"最近要吃素。"罗罗说。

"为何？"我问。

我要用这样的一种方式，为妈妈祈福。妈妈的生日快到了。罗罗说着这话的时候，窗外的阳光饱满明亮，洒下盈盈的光。

罗罗又晒出妈妈寿宴的照片了。从菜谱到亲戚的接送，到蛋糕的大小……

寿宴，小红屋，亲朋好友欢聚一堂。罗罗仿佛一只轻快的燕子，屋前屋后，快乐地飞。

三

暑假，罗罗说："依然，一起去西藏吧。"

罗罗是风，自由的风，去自己想去的地方。而我，俗世里牵绊这么多，哪能说走就走呢？

去西藏的罗罗又开始发微信了，整理行李，准备药物，还有许许多多的礼物。

"去那么远的地方，带这么多东西，不累吗？"我问。

"不会啊，很开心，礼物是送给一路上遇见的藏族小朋友。"罗罗永远是罗罗，有一颗美好的心。

藏族的小朋友，黑黑的脸蛋，脏脏的衣裳，脸上却有灿烂的笑。许是因为收了罗罗的礼物，脸上的笑，格外动人，在他们的手中，拿着礼物，一本书、一捆笔，或是一把橡皮……

罗罗的西藏之行，不仅仅是为了风景，最重要的是一路播撒美好，以一颗疼爱的心。

"我还要再去一趟西藏。"罗罗说，"要和自己最爱的人一起去。"罗罗说着这话的时候，我仿佛看到她的微笑，月亮一样。

那人，那事

瓯海大道上站着茫然的我。车辆在宽阔的公路上飞快奔驰，一辆辆，接二连三，相继而来，迎面呼啸。来来往往的车，扬起漫天泥浆似投掷的剑贯穿出让人心惧的速度。匆匆而去的疾驰刮起了冷冷的风。我缩了缩脖子，打了个寒战，踌躇而小心地站在满是泥泞的路旁。一手撑着摇摇欲坠的伞，一手提着重重的行李，望眼欲穿地寻找出租车的踪影。真怕，自己一不小心就被车刮起的气流给卷走。

一辆又一辆的车从眼前疾驰而过，没有我要找的出租车，偶尔有一二辆，根本不看你伸出的手，碾着泥浆，漠然飞驰。雨越下越大，天越来越黑，车越开越快。大道上的我越来越渺小，异地的冷慢慢将我围拢。

暮色加深，拦车的手僵硬成酸涩的疼。雨伞狼狈地跌在肩膀上，冷冷的雨丝窜入倾斜的伞下，冷意在心里一点点弥漫。

"这里是拦不到出租车的！"一位好心人提醒我，"你可以先坐三轮车，再乘公交车。"

无可奈何之下，只得叫了一辆三轮车，让他载我去坐公交车的地方。一向有路痴之称的我，对坐公交车没一点信心，只能拜托他把我送到目的地并准确地告知我该坐哪一路车。三轮车主爽快地答应了。小小的车子在小路里七弯八拐，车夫娴熟地驾驭，像灵活的小舟钻过狭窄的水道。

开了很久很久，公交车的站点赫然出现。绕了这么远的路，以为他要收很多钱。没想到居然只收了我五块钱。五块钱，在温州这样的地方只是三轮车的起步价。我对他的质朴留下了很好的印象，不由得多打量了他两眼。三十多岁的模样，普通的相貌，和悦的表情，没有任何特点。

站在他帮我指定的地点，耐心地等着我要坐的27路公交车。一辆又一辆的车从前面开过，27路车却无踪无迹。10分钟过去了，15分钟过去了，我开始不安，焦躁像睡醒的蛇吐出怀疑的蛇信子。随口问了一下旁边的路人，路人却用惊异的眼神看了我一眼，说："这个站牌根本没有27号车！"我不可置信地仔细核对站牌上所有公交车的号码与路线，果然没有27号！

一团火在燃烧，被欺骗的愤恨在心间左冲右突。对三轮车夫所有不好的回忆涌上心头。在自己的小县城里，三轮车夫几乎都是狡猾与贪婪的。明明只要三块的价格会无故赖你四块，如果理论，他们会鄙夷地嘲笑或勃然大怒，粗言秽语让你不堪。我向来对底层的劳动者怀着一丝敬意与同情，然，三轮车夫的恶劣让我对他们的好感消失尽矣。

"居然骗人，简直太可恶了！"我喃喃自语。人世间最基本的信任遭遇了此刻的错误，单薄如飘摇的雨丝。正当我踌躇不安，不知该如何是好的时候。只见，一辆三轮车急匆匆从远处驶来，是的，就是刚才那辆载我来的车子。车夫见到我的那一刻，长长地舒了口气，说："还好,你还在!真对不起,27号公交车以前是在这个站点的,现在改路线了,我也是刚刚才知道,来,快上来,我载你过去!"

我讶然地看着眼前充满歉意的脸,一丝红晕上了脸颊,为自己恶意的揣摩而羞愧。

车子在暗沉的暮色里划破雨帘,昏黄的车灯闪着雨丝缕缕明亮。又开了很长一段路,终于到了新的站点。刚好,27号车拐着弯,出现在我的眼前。车夫指着车子,对我笑着说:"很凑巧,你到了,车子也到了,快上车吧。"为了表示感谢,我抓了一把零钱递给他,他却赫然地摆摆手。我一再地坚持,他还是坚定地不收,只憨厚地重复:"你刚才已经给过了,快上车吧!"

我捏着递不出去的钱,手心暖暖的。不禁再次打量眼前的人,依旧是平凡的样子,质朴的神情。没有任何出众,没有任何神采。但,不知怎么的,我却再也忘不了。

守望月亮

一个孤独的剪影裁剪出守望的弧度。浅淡的月光下，王家阿婆对着天边的月牙愣愣地望。扁扁的嘴巴，微微地蠕动，似乎在自言自语，又似乎只是咀嚼叹息。青筋盘错的手拄着一根拐杖，如浇铸的雕像，纹丝不动。

初秋的夜晚，风儿渐渐凉。冷意在阿婆小院的花枝上"嗖嗖"乱窜。村口一两声的狗吠划破了乡村的寂静，汪洋的寂寥漾起朵朵空旷的花。唯天边的月牙，似一弯细细的眉，一抹淡淡的笑。不愠不恼，不言不语，对着老人展露亮汪汪的眼。

老人含情脉脉地望着天边的月牙。无牙的嘴唇扬起扁扁的弧度，凹陷的两颊鼓胀出纵横的纹。

中秋快到了。等到月牙渐长成一轮圆满的月，阿婆的孙女便回来了。阿婆早年丧夫，晚年丧子，唯有一孙女，捧在手心里呵护。她活下去的所有动力，只为看孙女如花的笑靥。只是，孙女儿大了，厌恶了小山村的贫乏。她希冀自己成为飞出山窝窝的金凤凰。她去了遥远的大城市。这一去，便如断了线的风筝，杳无音讯。

时光，静好

这个夏天，孙女儿带信回来。说中秋要回家看看。老人满脸的皱纹似绽放的菊花，双手颤抖不停，她把这一喜讯告诉了村子里的每一个人。絮絮叨叨的她，到处重复着一样的话语，一如鲁迅笔下的祥林嫂。

从此，守望月亮成了王家阿婆每晚必做的事。月牙丰盈一寸，老人的心便饱满一寸，月牙丰满一轮，老人的心便喜悦一轮。月亮花花儿一片一片开，老人期盼的心也一朵一朵亮。一人，一月，相看两不厌。一月，一人，相守两无眠。

在老人深情目光的浇灌下，月亮终于长成了最美丽的圆。这一天，她早早地起床，哆哆嗦嗦地把小院扫了一遍又一遍。菜园里新鲜的蔬菜一茬一茬地剪过来。鸡鸭的窝棚里到处洋溢着沸腾的躲避声。

丰盛的菜肴摆上桌，阿婆换上了最洁净的新衣裳去村庄的路口张望。许许多多的人从路的那一边走来了，许许多多的人又从路的这一边走过去了。夕阳写满天边红艳艳的亮，老人拄着拐杖的手红通通疼。孙女儿俏丽的脸庞始终未能进入老人期盼的眼。

月亮冲破天边的云层破晓而出，圆润的脸庞一如少妇饱满的双颊。满世界的清辉无声倾泻，满世界的人们竞相仰望。家家户户，欢声笑语，欢度佳节。

王家阿婆固执地守望路口。路的尽头，空旷凄冷，再也没有一个人从那边过来了，再也没有远处的脚步声了。虫鸣鸟叫惊飞一只只小虫，一如阿婆失望的心，乱糟糟。

月光清晰地照在老人的身上。老态龙钟的她，疲惫明晃晃呈现，月亮窥视了老人苍老的过程。她抬头仰望着月亮，月光冷冷的，照得人心发抖。她低头往身后看，黑黑的影子拉得长又长。她徘徊了又徘徊，张望了又张望。似乎对月亮说，又似乎对自己说："或许是有事耽搁了吧。"

月亮淡然落下,成了薄薄的剪影贴在天边。火红的太阳按捺不住喷薄的热情直欲飞上云端。拄着拐杖的阿婆整整守望了一夜,颤巍巍的她,终于回家去了。"笃,笃,笃"拐棍敲击路面的声音清晰、响亮,一下,一下,又一下……

心肝儿，宝贝儿

一

父亲没了，母亲把盼儿托付给外祖母，去了很远的地方。外祖母说，有时候是安徽，有时候是江西，有时候是湖南。盼儿掰着手指头把这些名字在心里数了一遍又一个遍，每一个地名都长着陌生的脸，它们张着黑洞一样的嘴，一口一口咬掉盼儿的思念……

外祖母养着许多家禽，对这群叽叽喳喳的畜生，把它们分成三六九等。那只下蛋的母鸡是她的宠儿，每次洒秕谷都朝它的头顶一把淋去，母鸡啄着谷粒，昂着脖子，嘹亮地"咯咯哒"，那骄傲神态，仿佛整个世界都在脚下。

外祖母有数不清的家禽，还有数不清的孙子。舅妈、姨妈使劲地生娃娃，外祖母家的孩子就和地里的庄稼一般，密密麻麻，参差不齐。

众多的儿孙之中，住得最长久的是大舅舅的儿子——谷南，大姨妈的女儿——心兰，还有盼儿。

他们仨赶着同一年出生，谷南和心兰月份早，盼儿喊他们表哥、姨表姐。

姨表姐的爹在镇上当官，表哥的爸在银行上班，还有其他的表弟和表妹，他们的爸爸妈妈都在机关单位上班。外祖母家是村里鼎鼎有名的大户，十个儿女，除了盼儿的母亲，都端着铁饭碗，吃公家饭。20世纪80年代的铁饭碗，镶着金边儿，外祖母的脸上闪着金灿灿的光芒，东家、西家、南家，谁不和外祖母套近乎呢？

外祖母的笑容太忙了，不知不觉地因人而异了。

盼儿是外祖母的例外，带着盼儿出去，脸上的光倏地暗了。人问："这孩子的父母呢？也是吃公家饭的吧？"外祖母支支吾吾说不出话，她不好说盼儿的父亲早早埋在青山上，也不好说盼儿的母亲正四处流浪讨生活，更不好说盼儿是个不招人待见的"拖油瓶"。盼儿看见外祖母的一张脸，直往地下掉。

幸好，除了盼儿，还有其他的孙子、外甥。

"哪，这是我二女儿的丫头，爸爸在宣传部，妈妈在医院。"

"来，那是我大儿子的小子，爸爸在银行，妈妈在县城教书。"

……

每每这时，外祖母的嘴里就会冒出很多甜蜜的话，心肝儿、宝贝儿，落雨似的。说着话的外祖母，笑得开心，比院门外的桃花还要灿烂几分。

表哥、表姐、表弟们是天上掉下来的"大馅饼"，她把他们挨个搂在怀里，贴心贴肺地保管。

外祖母又在喊"宝贝儿"了。

她落花似的喊声里，没有一句属于盼儿。

盼儿不是"心肝儿",也不是"宝贝儿"。

二

舅舅、姨妈们每个周末会来看外祖母,他们穿着亮闪闪的皮衣,拎着大包小包的营养品,满面春风地来了。外祖母的笑声遥遥地递过去,风筝一般,"啪"的一下,挂在他们手上。

"啧啧啧,叫你们别买,还买,太费钱了!"外祖母的声音花蝴蝶一般飞出去,隔壁的李婶听得真切,一双小脚高高踮起,瞧得眼睛发红又发亮。

晚餐,是要大办的。那只趾高气扬的大母鸡被外祖母牢牢绑住脚,外祖父拿起刀子往鸡脖子上一抹,殷红的血从刀口处喷洒而出。总有几滴,溅在门外的砖缝里,像惨败的花。

月亮打着灯笼飞过来,外祖母的小院飘出了鸡汤香。

一只鸡,老老少少,十几个人吃,怎么分?

外祖母是有大讲究的。鸡头给镇上当官的大姨夫,祝他步步高升;鸡翅膀给表姐,女孩子要展翅高飞;鸡腿给表哥,脚踏实地好念书……外祖母操着勺子,满脸的笑,好听的话流水一样洒在鸡汤上。她的面容,隐在雾气之后,挂了一层纱。

盼儿看不懂外祖母隐在雾气之后的笑脸,却看到一家人都分到了鸡肉。

独独她,啥都没有。

外祖父夹起一块鸡脖子往嘴里送。"外祖父,我喜欢吃鸡脖子,可以给我吗？"盼儿听到自己的声音蚊子一样哼哼。

是盼儿的声音太轻？还是外祖父的耳朵太老？盼儿看到鸡脖子"咔嚓"一声，碎在外祖父的牙齿上。

盼儿的头，渐渐低下去，仿佛那块咬碎的鸡脖子，就是她自己。

一个星期有七天，吃鸡、吃鸭、吃兔的时刻，周周上演。盼儿飘荡在热闹之外，成了可有可无的影子。

外祖母又在分了，鸭心、鸭肝、鸭掌、鸭头……

她的勺子，从没伸到盼儿的碗，一次也没有。

三

外祖母带着盼儿出门了，去镇上看盼儿的表弟——大姨的儿子。

天边的夕阳，红彤彤的脸。外祖母细密的脚步落在鸭肠一样的小路上，盼儿像听话的小尾巴，安静地跟着。外祖母走得快，盼儿也走得快；外祖母走得慢，盼儿也走得慢。

是的，听话。盼儿是外祖母众多儿孙之中最听话的一个。

表姐每吃一口饭，嘴里含半个小时，外祖母追着她满院跑，她乐得咯咯笑。她说饭在嘴巴里含着，就变成糖。表姐爱吃糖，把外祖母的糖罐子吃个精光。她的一口牙，因为糖，黑乎乎地烂了。可是，即使这样，外祖母还是喊她"心肝儿"。

表哥更是调皮，他喜欢把外祖母的鸡从笼子里放出来，满院子屙屎。他还喜欢用小刀把外祖母晾衣服的绳子割成一条条缝，绳子"啪啪"地断了，刚洗完的衣服折翅的鸟儿一般，"噗噗"落。舅妈气得不行，要揍他，外祖母一把搂住，一迭声的"宝贝儿"护着他。

盼儿既不是"心肝儿"，也不是"宝贝儿"。

盼儿只会乖乖地听话，不吵、不闹、不撒娇、不发脾气。比如，此刻，盼儿跟着外祖母走了两三里的路，不喊累，不喊渴，不喊外祖母抱一抱。

小镇到了，夕阳吞到云朵的肚子里，星星像秋天的果实。一些卖水果的摊子顶着一盏晕黄的灯，仿佛夜行的船。

外祖母停在水果摊前，红红的苹果朝盼儿眨着水灵灵的眼，盼儿听到嗓子咕噜一声响，口水从牙缝里钻出来。

外祖母拿起了苹果，掂一掂，捏一捏，拿起，放下，放下，拿起。足足五分钟，每一个苹果都被外祖母的手指细细摩挲过，它们一齐朝盼儿眨着眼，盼儿的眼，因此长了一堆的苹果。

终于，外祖母挑了一个最大的苹果：圆圆的肚子，红红的脸蛋，顶部一处小小的凹陷。这真是一个好看的苹果！

外祖母掏出手帕，一层一层展开，再把苹果一层一层地包好，说："这个，待会给你表弟送去！"

盼儿像悄无声息的影子，贴着外祖母，朝着表弟家走去。

苹果在外祖母的手里，甩出香味，盼儿觉得鼻子里长出了牙齿，正在一口一口地啃着……

"到了！"

从虚幻的咀嚼中苏醒过来，盼儿的小表弟站在面前，肥嘟嘟、圆滚滚，恶狠狠地看着盼儿。外祖母将他一把搂在怀里，一迭声的"心肝儿"落下来，红红的大苹果讨好般地递过去。

表弟并不稀罕，咬了一口，放桌上了。

外祖母还在和表弟聊着什么，盼儿一句也没听进去，盼儿看到那个缺了口的苹果，像一个疼痛的伤疤，哀伤地望着她。

四

盼儿念一年级了，成绩居然还很好。学期结束了，校长让盼儿在大会上发言，盼儿拿着一张皱巴巴的纸，爬到高高的台上，磕磕巴巴地念着。校长笑眯眯地给她发了两张大奖状。

盼儿把奖状高高捏在手中，仿佛擎着一面胜利的小红旗，隆重地递给外祖母。外祖母没有花蜜一样的笑脸，也没有糖水一样的话语，更没有"心肝儿、宝贝儿"地夸盼儿，她只是轻轻地接过，随手一放说："去玩吧！"

盼儿以为外祖母会把奖状张贴在墙上。

可是，并没有。

两天后，盼儿看到撕碎的奖状，扯碎的破布一般，躺在老屋的角落，一阵风吹过，奖状翻个卷，飘出几米远。一只老鼠蹿出来，叼起奖状，一溜烟地钻到洞里去了。

盼儿唯一的"光芒"，被老鼠叼走了！

表哥、表姐开始联合起来欺负盼儿，他们趁她睡着的时候偷偷在她嘴巴上撒盐。看到盼儿一脸茫然地醒来，聒噪的笑声仿佛树上落下的乌鸦声。他们还会在地上挖大坑，骗她走过去，当盼儿灰头土脸地掉进坑里，他们笑得前俯后仰，风一样地跑远了。

盼儿想哭，却不敢张嘴，她怕一张嘴，满头的泥巴落下来。

渐渐地，盼儿不会说话了。

家里来客人，表哥、表姐一个比一个有礼貌，他们大大方方地和客人打招呼。客人说："这孩子真有礼貌！"外祖母的脸上挂满笑，推推盼儿的肩，说："快，喊人啊！"

盼儿张了张口，发现自己发不了声，盼儿的嘴巴被什么捂住了，怎么努力也说不出话。

外祖母不耐烦了，撇了撇嘴，说："这孩子，怎么回事，一点也不懂事！"

盼儿成了不招人喜欢的"怪孩子"。

周末，姨父、姨妈、舅舅、舅妈从县城来了，一大帮的孩子小鸟儿一样地飞出去，他们拉住大人们的手，嘴里吐出甜甜脆脆的话语，花朵一般招人爱。

只有盼儿，张不开嘴，说不出话，迈不出脚。

亲戚们越发奇怪："这孩子怎么啦？嘴巴丢了？怎么不会喊人？"

盼儿也以为自己的嘴巴丢了，到处找着嘴巴。

五

很长的时间里，盼儿举着沉默的标签，披着铠甲一样的安静在太阳底下行走，黑黑的影子一耸一耸地跳跃着，有点寂寞，有点孤单。

只能读书，拼命地读书，发疯一样地读书，盼儿期望在书里找到大写的"心肝儿、宝贝儿"，想把这些字眼，紧紧地搂在怀里。初中三年，她依靠着这些期盼，一日一日地翻阅着，一夜一夜地寻找。

心肝儿，宝贝儿

上学、放学、写作业、考试，盼儿在枯燥的学习中寻找跋涉的乐趣。

老师说农家的孩子，唯有读书才能改变自己的命运。盼儿没想过改变命运，只想得到外祖母"心肝儿、宝贝儿"的称呼，哪怕只有一次。

初三那年，中考结束，默默无闻的盼儿考上了师范，她的总分高出同年参考的表哥、表姐几十分。

9月，盼儿穿着白裙子站在师范的校园里。一个寝室八个女孩，她们来自不同的城市，只有盼儿是乡下丫头，她们笑着对盼儿说："你穿白裙的样子，真像公主呢！"

这是盼儿人生中的第一句赞美，这样甜美的话，让盼儿想起外祖母，她说：心肝儿，宝贝儿……

师范毕业后，盼儿被分到一个乡镇小学教书，所有的新教师都要上一堂展示课。区里的教研员听了盼儿的课亲切地说："教态自然，声音甜美，堪比中央台的播音员呢。"

这是盼儿人生中的第二次赞美。这样甜美的话，又让盼儿想起外祖母，她说：心肝儿，宝贝儿……

盼儿从乡村学校到镇级学校，到县级学校，一直到省城学校，盼儿离外祖母越来越远，远到无论怎么想象，也想象不出，此刻的她对谁说着怎样甜蜜的话。

现在的盼儿也会说：心肝儿、宝贝儿。

一个班，几十个孩子，一些漂亮，一些不漂亮，一些成绩好，一些成绩不好。盼儿总大声地告诉他们，每一个都是老师的"心肝宝贝儿"。哪个孩子考不好了，哪个孩子跟不上了，盼儿就掏出这样的话语送给他们，他们快乐极了，也自信极了。盼儿喜欢看到他们开心的样子。

  过年,盼儿带着丫头回老家,八十八的外祖母牙齿掉光,头发全白,一些人和事记得模模糊糊。她见了盼儿的丫头,忽然颤巍巍地走来,一把搂住,用糖水一样的声音说:"心肝儿,宝贝儿!"

  "心肝儿,宝贝儿!"盼儿听得真真切切,真切到让她想流泪。

蛮　好

蛮好比"很好"略微差一点点，比"好"略微好一点点。好得冒出一点点尖，刚出苞的芽一般，短短、嫩嫩、细细，不细瞧，发现不了。再一瞧，觉得还不错，纤纤细细也美好。这，大概就是"蛮好"的境界。

一

她有一口头禅："蛮好"。

好端端的长寿花，枝叶饱满，她却拿着剪子"咔嚓""咔嚓"修剪，一根根枝条从剪子的下方纷纷坠落，我看得直嚷心疼。她却不以为然，轻描淡写地说："太繁密了，该修剪，修剪了之后，剩余的才会长久活着，这不是蛮好的吗？"

好好的一盆花，她给剃成"秃子"似的，却理直气壮地说"蛮好"。我是不信的，撇了撇嘴，捡起枝叶，一脸舍不得。

说也奇怪，不过一星期，那盆修剪过的长寿花，居然比先前更旺盛的姿势在原有的伤口里抽枝长叶，绿色的泉一般，冒也冒不完，让人打心眼里欢喜。

怎么会这样？我瞠目结舌，捧着"长寿花"，觉得这不是"蛮好"，而是非常好。她呢，照例处变不惊，一把剪子在一排的花草里飞舞，仿若武侠小说中舞剑的高手们，剑气所到之处，叶落花飞。

还是很奇怪，一长廊的花草，在她剪子的伺候之下，越发翠绿浓郁，亭亭玉立。仰着绿色的小脸庞，蹿出或粉或黄的花朵，让人不禁以为，这长廊是不是驻足春天，四季不走。

而她呢？永远无波无澜，摘叶、浇水、换盆，嘴里嘀嘀咕咕一个词："蛮好，蛮好。"

二

她有个女儿，今年念高三。

放榜的那天下午，她依然该干吗就干吗，忘了这事儿似的。我看着急，忍不住提醒："去查查分数吧，这么重要的事情，怎么就沉得住气？"

她呢？瞥了我一眼，"喊"的一声，眼也不抬，一抬手，扯掉几片蟹爪兰的烂叶，"噗"的一声，扔得老远。

"我是不会去查的，这是她的事，该着急，还是该庆幸，都是她自己应该经历的。何况，我从来不晓得她的准考证号码？怎么查？"

她居然朝我笑了笑。

都说天下乌鸦一般黑，她肯定是冒充到"妈妈"队伍里的白乌鸦。

蛮　好

作为一个高三孩子的妈妈,她居然不操心女儿的学业,只操心女儿的快乐。经常对女儿说的几句话便是：睡得好吗?有时间吃饭吗?今天开心吗?她女儿偶尔也露出一副勤勉上进的样子,她就劝阻："别太累。作业永远做不完,该吃吃,该喝喝,身体要紧。"

你听听,这是一个高三妈妈该对孩子说的话吗?我每每听不下去,就嘲讽："可惜了娃儿她爸清华研究生的好基因,碰上你这样的妈,生生糟蹋了。"长叹一声,甚有暴殄天物之觉。

她呢?照样不管不顾,一句："比上不足比下有余,不是蛮好的?"

果然是这样,她的女儿打来电话,大呼小叫："妈妈,高考成绩高出二本分数线六七十分。"

她乐了!朝着电话,吼了一句："蛮好!"很少发微信的她,甚而在微信里庆贺女儿发挥出色,达到理想的目标。

她老公见了,说："咱就考个二本,你也好意思高调发微信?"

她头一仰,乐呵呵地说："比预期要好,就要庆贺!二本里面可以选好的学校,蛮好,蛮好!"

她老公听她这么一说,也乐呵呵地赞同了。一家人开开心心去超市买好吃的去。

暑假过后,她的女儿就要读大学去了。我笑她很快成了空巢"老人",她却不在意,拿着手机对我摇了摇,炫耀："我的女儿一天三个电话,你信也不信?"

我是相信的,因了她的"不求上进",在初中、高中的这六年,暗暗为女儿在"应试教育"的暗潮之下保驾护航,她女儿非常依恋这个母亲,她们是亲密的朋友、无话不说的"闺蜜"。

"这就是我的长远投资,和女儿搞好关系,以后老了,她疼我,这不是蛮好的?"她笑得一脸得意,仿若小孩。

那日,午睡。她女儿又给她发微信,滴滴一声,两个字抵达手机屏幕——"晚安"。

她忍不住笑,这孩子真有意思,不管我什么时候睡都说晚安,奇怪得要命。

我说,你知道晚安的拼音吗?"wan,an"它有另一层含义——"我爱你,爱你"。这句话的首字母。

她愣住了,紧紧地握着手机,一忽儿,一丝笑意爬上脸庞,一句轻轻的"蛮好",落入夏日的凉风,仿若一朵早开的睡莲。

听闻高考结束后,她的女儿和同学结伴去重庆旅游,一路之上,结识朋友、寻找旅店、计算开销、寻找帮助……小小的人儿,离开校园,仿佛一个人精,情商高得不得了。她咧嘴笑,不免自我陶醉:"女儿随我,精明能干,到哪都不用愁,蛮好。"

三

我这人心思重,基因遗传自我外祖母,哪怕一点点风吹草动豌豆大的小事,我也能失眠睡不着。想想真是矫情。归根结底,内心深处,凡事要求"很好"所导致。

我常常拿着自己芝麻绿豆大的小事找她诉苦,摆出一副"愁容满面"的样子。她往往才听半句,一句话就能噎得我吐不出苦。她说:"你这算个啥事?比针尖还小,你想它做啥?理它做啥?为什么非是你的要求才是好？顺其自然不也是蛮好？"

蛮好，蛮好。我忽然羡慕她，她的风轻云淡，万事看开。或许，蛮好是一句佛家禅语，目下无尘的人才能参透？

那日，女儿考试得了98分，她一脸可惜地说："妈妈，如果不粗心，我是可以得满分的。"

我居然脱口而出："蛮好了，蛮好了。"

呀，这是"近墨者黑"的效果吗？

世上的人千万种，她的心态、为人、处事、育儿……其实，还真的"蛮好"！

一棵开着花的草

她说她喜欢一种植物——狗尾巴草,她说这话的时候,固执且认真。

狗尾巴草?名字不好听,长得不好看,也无啥用处。哪里没有它?乡间小路、田埂沟渠、篱笆台阶,哪怕是人家瓦片的屋顶,只要给它一条缝,就能热烈起劲地生长。

没人会在意这样的草,野生、低微、廉价,即使割了养兔,兔子也不爱吃。

她却喜欢,把狗尾巴草的图片设成微信头像。我们笑,说:"真丑。"她不管,将一株狗尾巴草的欢喜,高高悬挂。

她的名,有意思,叫"一花"。一花,一花,颇耐人寻味,让人想到"一花一世界,一叶一菩提"的禅意。去了"一",往"花"旁再添一朵"花",她的微信名——花花。俗,果然俗,仿佛乡下大红大绿的被面,繁花似锦的鲜艳逼仄而来。她不在意,耽美于自己的"花花"世界,率性而潇洒。

这个喊,花花,公开课的教案传一下。

那个喊，花花，陪我西湖边散步。

还有的喊，花花，周末帮我照看一下孩子！

……

花花，花花，是不是因为叫起来顺口？身边的朋友需要帮助之时，脱口而出的名便是她。她呢？脆生生地应答，又爽快又真诚。

她爱花，非一般痴迷。

校园墙角的红花酢浆草，自生自长的小野花，她一天拍三回，一连拍上好几个月不厌烦。她说，这花的生命力之顽强，花期之长，让人惊奇。她说这话的时候一脸敬畏。她不知，红花酢浆草，又名"花花草"。花的草，草的花，与她的名不谋而合，与她的心性不谋而合。小小的花花草，花瓣卷成长长的形，一枚枚粉红的小春卷。阳光滴落，光影迷离，粉色的杯盏变幻出五瓣的花。她为此而着迷，弯腰、屈膝、下蹲，镜头对准小小的花，专注且认真。

风摇动，草开花，蹲着，看着，不说话，也很好。

花儿开哪里，她便走到哪里。常人赏花通常只去一处，她却不，一天之内可以走遍三四处。任何一处的花开，她都不放过。古人有语，逐水而居。她呢，逐"花"而行。仿若不这样，便是辜负。梅花、菊花、桂花、牡丹花，各种各样的花在她的镜头下捕捉，或婀娜，或娇媚，或鲜艳。她呢，屏声静气，侧着、歪着、正对着，一口气拍了几十张，每一张都舍不得删，看看这一朵很好，看看那一朵亦很好，她都爱，爱到没办法，爱到满腔痴情无处搁。

看着她追花而行，总会想起《红楼梦》中的一幅画——憨湘云醉眠芍药裀。四面芍药飞落一身，满头、满脸、满衣襟，红香散乱，云鬓微松，芍药枕、芍药扇，一美人侧卧芍药丛，让人又怜又爱。云姑娘大大咧咧，云气豪天，她追着宝玉喊："爱（二）哥哥，爱（二）哥哥。"不矫揉，不造作，本色一片，如此性情，与她颇有几分相似。

在史家，湘云的生活并不如意，父母早逝，依靠婶娘过活，常常做针线到深夜。即使这样，云姑娘并不忧伤，她的明媚旷达丝毫不受影响，朗朗的笑声，银铃叮当，让人喜欢。

她呢？也有自己的烦心事。房子的按揭、女儿的学习、烦琐的家务……生活是一地鸡毛，谁的日子光滑如镜、无忧无虑？不过，再大的烦闷，到她那儿，也只是一时之恼，轻轻一笑，日子照样风吹云动。这样的她，仿佛一株绿，一束光，生机勃勃，活力盎然。

云姑娘极富才情，第五十回制灯谜中她"以一敌三"，让人不敢小觑。

她呢？也有才华，尤其爱写文章。她的文，率性、真实、素朴动人，好比不施脂粉的乡下丫头，黑红脸庞，大眼睛，野生的美。她做事极快，写文字也一样。通常，在人们发呆的功夫，上千字的文章已然从她手下诞生。如此速度，委实让人吃惊。想来，她的手许是沾染了花朵的芬芳，各种词汇闻香而来，动词、名词、形容词，指尖下的蝶，忽而飞，忽而落，交织迭起，只在瞬间。

多年前，她在乡下。那里群山绵延，田野葱茏，寂寥安静。她却早早地买了电脑，通过网络，拥抱外面的世界。她流连于网上的教学论坛，拜师学艺，勤勉努力。身处乡村，不忘初心，努力、积极、向上。

村校、镇小、县小、省城小学，她靠着自己的实力，一步步前行，如一棵会飞的草，飘呀飘，过河、越岭、攀桥，越走越远，越走越远。她寻得人间天堂——杭州，落地发芽，生根展叶。

这样的她，蓬勃明亮，自带光芒。

一棵开着花的草

她的朋友喜欢她,知己一个又一个,或秉烛夜谈,或喝酒唱歌,读书、写字、摄影、赏景……世间美好的事情那么多,有没有哪一样事情是她不喜欢的?好像没有的。她把月亮挂在夜晚,又把太阳燃烧在白天,让每一个寻常的日子,布满光泽。

花开了,赏花;月来了,赏月;知己来了,赏知己。

那个傍晚,她拿着相机对着一株狗尾巴草,迎着逆向飞来的光,驻足微笑。一株草,绿茵茵的狗尾巴草,在她的镜头下竟显出不寻常的楚楚模样。

以前总误会狗尾巴草是不开花的。多年以后才明白,它开花,只是没有鲜艳的花瓣,没有迷人的香味。它的花,长满细长的须,柔软下垂,毛茸茸似小尾巴。或许,在很多人的眼里,这不算花。可是,有哪一种花能抵得上它野蛮的生长力?坚韧、无畏、果敢,铺天盖地,又任性又倔强。

忽然想起一句话,大俗既大雅,大智慧藏于大野堂。

她竟是聪明的,以一株狗尾巴草自勉,低调、谦虚、努力、顽强。

她说,她很专一,也很痴情,这狗尾巴草的头像,一直不换,不换。

我信,因为我看到满坡的狗尾巴草摇曳着毛茸茸的花,又尖锐又柔软,又澎湃又深情。